山南人境

谢德新 著

图书在版编目（CIP）数据

山南人境 / 谢德新著． — 南京：江苏凤凰文艺出版社，2018.2
 ISBN 978-7-5594-1578-3

Ⅰ．①山… Ⅱ．①谢… Ⅲ．①故事－作品集－中国－当代 Ⅳ．①I247.81

中国版本图书馆 CIP 数据核字(2018)第 021291 号

书　　名	山南人境
著　　者	谢德新
责任编辑	张　黎　曹　波
出版发行	江苏凤凰文艺出版社
出版社地址	南京市中央路 165 号，邮编：210009
出版社网址	http://www.jswenyi.com
印　　刷	南京新华泰实业有限责任公司印刷厂
开　　本	880×1230 毫米 1/32
印　　张	7.25
字　　数	180 千字
版　　次	2018 年 2 月第 1 版　2018 年 2 月第 1 次印刷
标准书号	ISBN 978-7-5594-1578-3
定　　价	36.00 元

（江苏凤凰文艺版图书凡印刷、装订错误可随时向承印厂调换）

目录

001　　**楔子　老龟**

001　　**上　辑　男人们**
002　　白鹅风流
009　　八哥鸟与人
014　　陈小官
019　　睡床
025　　黄雀啾啾
033　　博士渔夫
038　　徐九香
044　　卦饼
050　　神匠
056　　老包钱
061　　板鼓佬
066　　兽医关老西
072　　麦芽糖
077　　铁棺材
081　　丽华牌牙膏

086	通"灵"者
091	英雄
096	劈甘蔗
100	荷包
107	狗屠
112	槐树钟
119	鬼赌
126	替身
131	猎户异述
137	普和尚和他的庙
143	**下　辑　女人们**
144	双黄蛋
150	放鹰
155	黄莺儿

162	花娘子
166	石榴花
172	野露
179	开脸
185	红衣女
190	虾糊
195	送子娘娘
199	落风枣
203	四奶奶的银子
208	人头花
214	尾曲：飞失的鸬鹚

219	后　记

楔子　老龟

小河发大水，爬出一只老龟，是个眼尖的孩子最先发现的。看大水的人，手持竹竿打捞上游顺水冲来浮财的人，撒放鱼鹰捉鱼的人，齐刷刷围了上来，连在小庙烧香求福求子、挂抢红绫的人，也耐不住好奇心，趟水过来瞧。

那只龟趴在大水浸漫神仙坟的坟头，硕大的身子翘在坟顶上，好似清明节人们为祖坟堆的半个馒头形坟头。它的头和四只爪几乎悬空，伸出的脑袋高高昂起，爪子似青蛙游水般舞动，两只亮晶晶的黑眼睛如黑琉璃珠一般瞪转，皱起的眼皮不时闭，不时合。不知是嫌围看的人多了，还是被大人孩子的惊叫和聒噪吵了，一翻盖骨碌碌滚下坟头，掉进坟基浅浅的水滩中。还好，稳稳地脚朝下、盖朝上落地，它只将脑袋缩进壳内，又伸出来，脖子硕长，黑黑的肉脖子有斑斑的黄点，原在水洼蹲着的几只小青蛙蹦蹦跳跳窜开了。在小河这边围看的人起初以为它要向小河方向爬，许是它辨不清了南北，脖子扭了一下，头来个大转弯，向小街方向爬去，人们慌忙闪开一条过道。

这龟够大！有人说有海碗大的盖，有人说不止，有洗脸盆大，细细看也许比洗脸盆小，比海碗大。龟盖的图更显，那背负的八卦图纹线条粗壮，清晰分明。缝隙处还挂有星星绿绿的青苔，微露的腿爪也苍绿绿的，仿佛生了斑斑绿锈。出浅水滩，顺车辙压得坑坑洼洼的泥土路，它爬得很快，似在进行龟兔赛跑的最后冲刺，四只爪像快速划动小舢板的桨，托着鼓鼓重重的壳一拱一拱地前行；有好几次深深的辙印坑洼几乎使它翻了个，但它瞬间便不费力地转过来，保持着爬行的姿势。

有调皮的小孩想跑上去按住它，大人们立即大声呵斥："不能动！神龟！"孩子茫然地躲在一边，随人流追着看。人群自然分排在两边，让开一条通道，看它往哪里爬。后面的人跟得老长，伸长脖子也看不到龟的影子，只是随移动的队伍挪着步子，跟着声音起哄、吼叫。原本热闹的小庙少了声息，石板桥的河滩没了人群，小河奔流的嘶响也引不起人们的注意，人们的身子和心思都随这老龟去了。

老龟爬过高坎，路过第一家牛鞭手陈大辫子的草庐，这老头是镇上唯一留着满清大辫子的人，在牲畜市场做交易为生的，此职业称"牛鞭手"。他虽出生在皇帝坐龙椅的年代，但似乎不是因对满清有感情方才留辫子，估计习惯使然，每天早上，扛一杆大秤，拖着长长的花白大辫子在牛猪羊群里转来转去，人们早已见怪不怪。因发大水，交易所没了生意，这天正在家闷头吸水烟，听小孩子家报有老龟出水的事，连忙放下水烟袋，掐灭纸捻子，取出一把香，捧上香炉，在门前点燃，像当初顺民拜皇帝一样，双手对天对地作揖，腰弯弯着叩拜，长长的辫子在后面翘翘的，如同油锅滚热翻舞的麻花。龟从他门前停了一下，又伸出长长的脖子，拱了拱撒在炉边包香的彩纸，似乎嗅出了香的味道，又缩进脖子，没有理睬专心叩拜的陈大辫子，转身往前再爬。

进入小街，中间是老街的石板路，一色的长条青石，圆润光滑，中间长久年月独轮车的木轮碾压出一道浅浅的凹槽，龟似乎轻车熟路地四只爪子分在凹槽两边,轻松地往前爬,那高耸的龟盖像装满货的单节列车,沿轨道缓缓行驶。在家没去看大水的人,都走出家门,跑过来看,迷信的老头老太挤过人群看一眼,连忙回屋,口里念叨着"阿弥陀佛,阿弥陀佛……",也不知祈祷什么。也有些老头老太像陈大辫子一样,提前点起了香,在门前叩拜,围看的小伙子和小孩子看龟笑,看拜龟的老头老太更笑。龟并不理睬这一套,继续爬行。

  细细河道穿街而过,共有并排四块青石长条板,众人说,看龟如何过这石板桥,许是会翻下河去游走吧。那小河与发水的大河相通的,靠近石板桥时,众人散开些,留给龟下河的空间。龟近桥时,略微放慢了脚步,又伸出长脖子左右看了看,不顾小河淙淙流水的召唤,一跃爬上了石板桥,在桥上快步疾爬,很快过了河。桥边有几丛野辣蓼,生得正旺,花开也盛,细细密密红红的花被风吹飘散,洒进水里,引起小鱼张嘴一扑;落在人身上的,人不经意;落在桥上路上的,瞬时又被风吹滚走;有几瓣落在龟背上,龟背的八卦纹图像多了色彩,但不久又被移动的龟背颠下来,龟似乎并不知晓,有一串较大的花骨朵落在龟的脑袋上,似乎被水汽粘住了,滚落不掉,红红的点缀着龟的头,似戴花的新郎。追着看的队伍一阵惊呼,尾随跟来,桥窄人挤,还有几个小孩被挤到水里去了。

  龟爬行的前方,有几只鸡正在觅食,三两只母鸡低头扒拉刨土,啄寻着什么,一只红冠大公鸡昂头挺胸领班巡视,发现了龟,咯咯叫着,啄食的母鸡也抬起头,见龟爬来,发出生蛋的声,慌忙躲开。公鸡噔噔地扑上前,环眼瞪得老大,颈部漂亮的羽毛抖动着,翅膀扇着,咯咯叫着发战书,伸嘴来啄龟。那龟本缩着脑袋,听公鸡叫声猛地伸出脖子,乌黑的头左右直摇,将头顶戴的花骨朵也颠下来,公鸡吓得连连后退,后退几步又威风地抖动身子,咯咯叫着,翅膀扇着,嘴张着,寻思再战。后面紧随的人群连忙赶走了鸡，龟继续前行，公鸡在后面高亢地鸣叫着，似乎欢唱胜利凯歌。

在供销社烟酒门市部，它停了下来，不动了，头爪缩了进去，人们看到的只是静止的龟盖。人群自然也停下来，都在等着，议论着："它累了吧？""饿了吧？""渴了吧？""闻到酒和糖的味道吧？"有人捧出一捧米，有人拿来半碗水，还有人撮来一撮糖，放在龟的前面；长时间没有动静，甚至有人建议洒上一杯酒，又被人制止了。众人屏息等待，龟缓缓地伸出脖子，在米上嗅嗅，水上嗅嗅，糖上嗅嗅，没动这些。突然，"啪"一声响，哪个调皮的孩子甩过一只炮仗，龟急速地缩进脖子，那盖也晃了晃，众人连忙寻那孩子，呵斥、谩骂，闯祸的小孩撒腿跑了。龟一动不动趴在那，足足有两个时辰，人们几乎不耐烦了。终于，它露出半个脑袋，又开始缓缓移动，两粒绿豆似的眼睛瞪着张望，似有丝丝惊恐。一会儿，又撒开爪子疾爬，脖子又伸得老长老长的，尖尖的嘴边吐出白沫，像奔跑的人在喘气，龟的身后，留下一摊水和几粒麻雀屎一样的遗矢。人群又一阵欢呼，挤着、拥着，快步跟着，有的人还仔细拨拉着这摊屎尿，发现新大陆似的惊叹："乖乖，乌龟也拉屎撒尿？乌龟屎尿原来是这个样子！"

它就这样爬下去，无视着跟随的人群，无视人群的欢声闹语，还有人在点香叩拜，还有人在它前面放水、放米，它均不顾，只管爬、爬……

小街尽头是横穿的公路，这时人们担心了，来往的汽车那么多，镇上每年几乎都有被汽车轧死的人，这龟在公路上撞上车轮怎么办？驾驶员是不会为它刹车的，即使想刹，发现了怕也来不及踩。有人说，将它捡起放到水里去吧，可说归说，没人拍板说可否，谁也不敢上去捡起它，它是老龟哩，许是老到成神龟了哩，既然是神龟，怕是不会被汽车轧的，再说，街即尽头，看它还往哪爬呢？

即将到公路,轰轰过来一辆汽车,人们自然产生保护意识,有几个小孩在前拦着,龟放缓了脚步,在离公路不远处又停了下来,果不其然,有灵性哩!过路汽车驾驶员看那么一大群人,不知在干什么,拼命地按着喇叭,缓缓地开过去,从车窗外伸出头来看,没有看到龟,不解小镇的人在发哪门子神经,卷起一阵尘土,驾车而去。过了一会儿,龟又在爬,它并不穿过公路,而是顺着公路边的树荫往左边爬,人们突然明白了,顺这方向不远处是顾大堰,那里有水,流下的水汇入河道的。

不料,在经过食品店时,蹒跚出来了食品店的那只大黄,大黄是只狗,是镇上最享福的狗,成天吃着砍卖肉崩下的肉沫肉屑,丢下的废料杂肉,养得胖胖的,连骨头都不啃;它更不怕人,几个小孩子呵斥威胁,大黄满不在乎,尾巴夹得紧紧的,大摇大摆地迎着那群不知干什么的人群。大黄也发现了老龟,似乎产生了兴趣,伸出长长的狗鼻子嗅过来,龟不动了,缩进了脑袋,收起了爪子,留给大黄一个硬硬的壳。大黄好奇,嗅着嗅着,还用狗嘴拱拱,伸出爪子扒拉扒拉,差一点将龟扒翻了,许是感觉太硬,认为是块奇形石头吧。人们捏了一把汗,生怕大黄张开满嘴獠牙的大口,也好奇,看是否有场好戏。龟突地伸出长脖子,似乎还喷了一口水,嘴前出现一团雾状,张开四爪,托着龟壳快速移动起来。大黄一惊,哪有会动的石头?许是惊得没缓过神,撒蹄就跑,汪汪叫着,跑得连尾巴都张开了。众人又一阵欢呼,神龟!神龟!连大黄都怕啦,这孬种!

龟又继续爬行,没有悬念了,它直奔那有水的顾大堰,不多久便到了,在那棵贴着公路生长的歪脖子树下,它扑下去,准确地说,是滚下去,岸上离水还有些高度,它在高坎翻了几个身,贴埂的草皮被它滚出一道印痕。下水的响动惊走一条细细的小蛇,蛇正啃食的几颗红红的蛇果从水中翻出来,艳艳的红。龟露出白白的肚子,眼尖的人看到白肚子上似乎有字,只可惜,没人上去翻开看那是什么字，也许这是一只许多年前被人放生的龟，刻的是放生主人的姓名，只是，一般人放生龟，将字刻在龟背上，谁会刻在龟肚子上呢？龟也疼呀！龟落水后，仰头喷了一口水，摇一摇头，四只爪子灵动起来，人们从心底希望它扭脖子向人们告个别，却失望了，它睬也不睬，顾也不顾，向水中央游，一会儿便不见了，只见水面冒了一团水花。看热闹的人群又在岸上看了很长时间，也不见它再浮上来，悻悻地往回走，有些茫然，转念一想，顾大堰有了神龟，这水，也便有了灵性吧。

　　镇上的"活神仙"温白牛始终没有出门看龟，他躲在屋里绞尽脑汁在排着易卦。有传说，当初几个外乡人看神龟在这里出水，择居而栖成镇，那龟，出水后便直奔南山而去了，成了山龟的祖宗。如今又有龟出水，是小镇的吉呢？还是凶呢？惊恐和忧虑使温白牛使出平生解数，一连排了几十个卦，卦卦象数不同，活神仙似也糊涂啦！直到听说龟平安无事又归了水，方才长吁了一口气。细想来：老龟由水来，向水去，小镇方位居水，神气不散，小镇无虑，此生可高枕无忧矣！这话，他搁在心底，对谁也没说，只是从那日起，在他的杰作太极饼上，悄悄地多丢了几粒黑芝麻，由易卦的三百六十术数，变成了三百六十五，正巧是一年的整天数，活神仙不由得暗自称奇：这山南镇，奇哩！可镇上吃饼的人谁也不晓，凡夫俗子嘛，哪能洞察神仙的心机？都知晓了，不都成了神仙？

上辑 男人们

白鹅风流

南方主种水稻,水田多,农人多养鹅。此地鹅种独特,传说由鹤驯化而成,或由鹅与鹤杂交而成,称"皖西白鹅"。一般农家,每年都要孵上一两窝,成活的少则三五只,多则七八只,再多也有十几只的,霜冻后,杀了,用盐腌制晒干,慢慢享用,称"腊鹅"。过年,正月待客,春季请人干活,少不了一碗腊鹅,油汪汪、香喷喷,越嚼越香。

猪太能吃,喂只猪不容易,养几只鹅要简单多了。小鹅吃青菜,大鹅吃嫩草,原野还产一种蓟类的野菜,鹅最喜吃,称"鹅菜",小孩子家可放鹅,挖鹅菜,平时晚上用鹅菜、稻壳加少许稻谷,便可打发鹅粗粗的肠胃;只在宰杀前,"站"上十天半月,"站"即关,喂养但不让活动,喂的是货真价实的稻谷,催出肥肥的肉,费粮比猪少多了。那时油紧俏,一只鹅扒小半斤油,煮鹅时还可撇小半斤浮油,三五七八只鹅的油顶上一头猪的油,已够全家吃一年了。农家的富和穷,数梁上挂多少腊鹅,如加上腊肉之类的腊货多,便是小康之家了。

鹅毛也可卖钱,更珍贵的是羽毛下面的绒毛,边拔边长,攒积拔下的绒毛，填做棉鞋、棉手套，怕是比东北的乌拉草不差，殷实的人家，还有做绒毛背心，灌绒毛枕头、被子之类，更为奢华。农人冬天杀鹅，要留上种鹅，下蛋孵小鹅用，鹅没有鸡鸭生蛋多，每年仅生十几、二十枚。被公鹅淘过水生的蛋，一枚蛋便是一只小鹅，故鹅蛋很金贵，少有人吃；没有被公鹅淘过水的蛋是孵不出小鹅的。故有人专喂公鹅，供配种用。白公子也喂了只公鹅。

　　白公子喂公鹅不为配种，为画画用。白公子的父亲过去是私塾先生，他也算书香门第，随父亲发蒙读了几年书，《论语》也背不完，极喜画画，最拿手的是画鹅。据他说，初试画笔，老师本让他临摹鹤的，却越画越像鹅，又加上父亲教背"鹅鹅鹅"那首诗，更引起他画鹅的兴趣，鹤总是画不像。父亲死后，别无所长，干体力活又没力气，只是画画鹅的年画卖卖。僻乡小镇，文化人不多，农家买张画，喜鹤的长寿，虎的威风，最起码也买张鱼画，图个"年年有余"，买鹅画的少，生意萧条，锅中无米，饿得前心贴后背是常有的事。后来，不知从哪学会了刻章的手艺，摆个摊，公章、私章都刻，算是有个营生。刻章的生意也不兴隆，可他公子的架子还在，这不，仍喂一只大白鹅，时常捧着一个画夹子，给鹅写生描画。

　　镇上不像农村独门独户多，而是户挨户，房连房，鹅又吵人，稍有风吹草动，便嘎嘎大叫，吵得邻居睡不踏实，愤慨也没办法，那时没有扰民之说，鹅关在别人家院内，噪音的侵扰气得干预不得。家人也怕吵，白公子从小父母给说的第一任老婆三年自然灾害时跟人跑了，第二任老婆听鹅叫便叨咕：喂个吵人的东西，光吃粮食不下蛋。争吵也没用，吵架多了，过不下去，也跑了。白公子无所谓，孑然一身，以鹅为伴。

他的这只鹅，关在小院内，吃得好，活动少；长得又大又肥，腹下堆积个肉坨坨，浑身羽毛雪白雪白，不掺一丝杂色，两只蒲扇爪和神仙寿星头似的老鹅包，金黄金黄，翅膀也大，扇起来满地卷风，啄食的麻雀和喜鹊不敢近前，只能远远地瞅。白公子偶尔带鹅出去走走，他在前面走，鹅在后面随，他昂着头，背着手，鹅更昂着头，梗着脖，不时还将大翅膀扇扇，嘎嘎叫上几声，引得众人观看。

夏秋黄昏时，他将鹅带到街后的水塘，鹅见水便扑了过去，两爪舞动，双翅拍水，欢喜得更是嘎嘎猛叫。白公子兴致勃勃地在岸边欣赏这"白毛浮绿水，红掌拨清波"的画面，构思他的鹅戏图。大白公鹅的欢叫引来水面的鹅群，这鹅也向鹅群奔游去，众鹅更欢地拍水追逐，聚拢散合，或夹脖戏水，或伸脖潜水，或扇翅出水，或奔突划水，群鹅欢乐的盛会惹得莲花、荷叶、菱芰、荇草跃跃欲起。鹅也不怕光天化日之下的害羞，公鹅被母鹅团团围住，逐个临幸母鹅，趴在母鹅身上，欢快地大叫，那叫声，似皇帝临幸众妃的无拘无束，傲慢自豪。引得众牧鹅童和围观的大人、孩子拍手欢呼："淘水啦，淘水啦！白公子的鹅淘水啦！"

"淘水"是指公鹅和母鹅的性交，有时想来，民间用语之丰富多彩令人叹为观止：牛猪干这事称"配种"，羊干这事称"打羔"，狗干这事称"连筋"，猫干这事称"叫春"，蛇干这事称"交尾"，鹅类家禽干这事称"淘水"。人呢？文雅的称"做爱"，不文雅的还有诸多说不出的字眼。这类家养的动物与人不同，母的要付钱给公的，喂养公的牲畜家禽因此可得一笔可观的收入。拿鹅来说吧，专包给下蛋的母鹅淘水，喂母鹅的人家需付给喂公鹅的人家一至两只小鹅，还得包养活、养大，公鹅又不是一夫一妻制，不惧三妻四妾，被十只八只母鹅包养也不嫌多，喂一只公鹅，每年净赚七八甚至十几只鹅。

白公子的公鹅这么漂亮、壮硕，不少喂母鹅的人家专找上门来，请求联姻，生计维艰的白公子前两任老婆都曾动心，一说这事，白公子都瞪大眼睛，一口回绝，"什么？什么？让我的鹅去卖淫？休想！""别家都这样的。""别家是别家，我白公子饿死也不干！鹅能卖，老婆也能卖吗？""你……？！"气得老婆嘴唇发紫说不出话来。他宁愿自己优秀的大白鹅在水里无偿地为母鹅淘水，却不愿有代价地去做这生意。会打小算盘的人家，知白公子这性子，便不再求别的公鹅，让孩子赶上母鹅，放进荷花塘专等白公子的公鹅，淘了水，还省了小鹅。有人拿此事开玩笑地质疑他，他说这是"自由恋爱"，不是"买卖婚姻"，人们私下都说他太拧、太倔、太傻，书呆子，认死理，穷死活该。

白公子就这样一天一天地与他的鹅相伴着过日子,除了有一搭无一搭的刻章生意,闲暇时便是喂鹅、逗鹅、画鹅,他那鹅画得越来越神啦,无论是地上跑的,水里游的,还是单个的,成群的,都画得活灵活现,千姿百态,挂在墙上,真鹅见了都嘎嘎对唤。可没有女人愿意嫁给他,都说他是个呆子,呆头鹅。甚至有人调侃说,白公子干脆与鹅成家算了,可他喂的是公鹅而不是母鹅,变不成田螺姑娘或狐狸精。

有天,镇上来了两个卖画的聋哑女孩,介绍信是聋哑学校的。那时这事不稀奇,这类女孩的画一般卖给公家单位,单位需收据,收据需盖章。这天聋哑姑娘带的学校收据用完了,到白公子这里刻个私章,看到了白公子挂在墙上的鹅画,其中一位姑娘眼都看直了,连比带划透出亲热劲。白公子是过来人,懂得那意思,但很害怕,便带她们去了公社,有位会哑语的公社干部挑明了哑女的心思,这姑娘要嫁给老师。劝了小半天,哑女手抹脖子发誓,公社干部转头又劝白公子。看来收不了场,公社干部只好说,需要有聋哑学校开的介绍信才能结婚,说服白公子应承下来,留两位姑娘吃两顿饭,住一宿,第二天让姑娘回去开介绍信。白公子照办了,姑娘走了,镇上人纯当笑话,白公子也当成笑话。

谁料想,几天后姑娘果然带着介绍信来了,还来了几位哑女同学和一位老师,这在镇上引起轰动。白公子和哑女扯了盖有红彤彤大印的结婚证,大家喝了一顿喜酒,惊奇地看白公子终于成了家，又担忧这姑娘能不能留得住，留不住又怎样？反正觉得白公子里外都划算。

哑女来了再也没走，姑娘长得眉清目秀，气质又佳，且青春年少，不仅会画画，也喜欢鹅，两人恩恩爱爱地过着小日子。哑女灵气，会扎鹅毛扇，手工之精巧堪比北京友谊商店的出口商品，她和白公子再添几笔彩画，加上红线编织中国结的缀子，更受人们喜爱了。一时间，小镇兴起摇鹅毛扇之风，满街尽是诸葛孔明，这可苦了卖芭蕉扇的商家，白公子的日子却过好啦！

哑女肚子也争气，头胎便给白公子生了对"龙凤胎"，下地会哭，周岁已会说话。每到夏日的黄昏，两人偎肩挎膀带着孩子去荷花塘遛鹅，看荷绿莲红的碧水中群鹅戏水，看骄傲的大白鹅骑御众母鹅，哑女笑得上气不接下气，她已经知道，什么叫鹅的"淘水"。

白公子呢？眯缝着眼，脑子里构思鹅的新画作，兴致来时，捡起瓦片、瓷片，往水中打水漂玩，哑女也学着打，那水漂如神仙踩水，在水面踩出团团莲花而飞驰，莲花团的波纹向四处扩散，在菱秧、荷叶前激起涟漪。

白公子和哑女欢笑，坐在推车上的"龙凤胎"也拍着小手欢笑。

火一般红的夕阳余晖披在一家人身上，天上的云，也火红火红，这大概就是多情浪漫的诗人笔下的火烧云吧。

八哥鸟与人

八哥是一只鸟，也是一个人，一个叫八哥的人养了一只品种八哥鸟，故事发生了。

小镇是贩夫走卒聚集之地，像京城八旗子弟、贵胄后裔那样扎堆玩鸟的少，偶有一两个养鸟的，比如养只黄雀的秦小鸟，算是独特又独特了。独特的人，养只把鸟，也没那么多讲究，更没什么学问，编个竹笼，装片破瓷，喂喂小米，喂喂水，便了事。但与京城讲究的养鸟人有一点相通的是，这鸟要叫得好听，最好像唱歌，麻雀肯定不行，喜鹊也不行，最好是八哥鸟。有人说八哥即是画眉，有人又说不是，八哥只是画眉的一个种类，管不了这么多，那八哥练过嗓子，喳喳叫着，声音脆亮，且音连贯，让人听起来清爽，便够了。听说训练有素的八哥，刺人舌上的血点到八哥舌上，八哥还会说简易的人话，类似鹦鹉，人们没见过，喂八哥鸟的郝八哥说他的鸟快达到这个水平了。

郝八哥是个篾匠，竹凉席织得漂亮，细密，光滑，整齐，上等的还可卷起，折叠，青竹子、黑竹子剖出篾来，还编织成图案，因此他的凉席能卖上好价。席子编得漂亮，人却其貌不扬，一只眼睛失光，翻着白眼珠，另一只眼睛视力也不太好，看人时，头抬得高高的，白眼珠翻瞪着人，嘴巴自然张得大大的，露出被烟熏得黑黑的不规则的大牙，也因此，四十郎当岁，仍然打着光棍。

打光棍的郝八哥一个人剖竹子、编席子冷清，便养了一只八哥鸟。他每天一边忙他的手艺活，一边美滋滋地听八哥唱歌，视力不好的郝八哥嗓子好，记性好，听故事，听小曲，过耳不忘，也因此，他会讲的故事多，会唱的小曲多。镇上的年轻人、小孩子都乐于围在他的小小竹篾作坊听他讲故事，唱小曲。小镇来了说大鼓书、讲评弹的，郝八哥也乐于交往，让对方住在他家，晚上在竹篾作坊摆上说书摊子，他贴茶水贴工夫也心甘情愿，回报只求学上一段书。由于他一听就记住，虽不识字，已将全本的《杨家将》《岳飞传》《三国》记得分毫不差。听得多了，创造力又超强，特别是他添油加醋，随口溜曲的本事超一流，连讲带唱，住不几天，说书人拱手喊他师傅。

他讲故事、唱小曲，或连故事带小曲的创作，越来越顺遂，出口成章，妙语连珠，举一反三，扯一根蔓能牵出一串葫芦，最拿手的是黄段子，酸曲子，不管是结过婚的，还是没睡过女人的男人听着都会走光坐化。盛传几个早已失去男女之事能力的老头，听了郝八哥的黄段子、酸小曲，青春恢复，雄风重振，连公社医院的医生都说，男人有了难言之隐，无须上医院，去找郝八哥。他也为此骄傲自豪，有调皮的小伙子逗他："八哥，你说起男女满嘴沫,见过女人那东西没有?""臭小子,去问你娘,俺上面啃过热馒馒,下面拧过红螺螺,翻身咬过肉坨坨,造出你这个小雀雀。"引得众人哈哈大笑。

　　来听郝八哥讲故事、唱小曲的都是男人,没有女人。有一天,却多了个女人,这还是那只八哥招来的。这天,鸟笼子没关严,八哥鸟"嗖"地飞了。郝八哥只顾满嘴冒沫地唱小曲,听小曲的众人也没发现,这鸟顿离樊笼,在广阔的天地里自由自在绕飞了一圈,也不知是找不到家门了,还是飞累了,竟然飞进一个女孩子的怀里。这女孩子叫"大女子",是铁匠熊大力的大女儿。熊大力在镇上开个铁匠铺,也没收徒弟,自己掌钎,老婆当助手,成天叮叮当当敲打锹锄刀镰类的农具,女人奶大屁股圆能生,一挨肩生下五个闺女,人称"五朵金花"。可这几朵金花大约在风箱、炉火、烟熏火烤的氛围里长大,都生得黑、壮,说话高声大嗓,声音嘶哑,特别是老大"大女子",简直像个男人,十八九岁了,没人敢上门提亲。大女子这天许是拉风箱累了,上街转转,忽地一只鸟飞到自己怀里,先是吓了一跳,连忙用手捧住。看那鸟羽毛整齐,小嘴干净,小爪子也黄澄清亮的,叫声喳喳啾啾脆响,双手不由自主捧在怀里,鸟的小嘴啄触到她已发育成熟的大奶子,痒痒地产生一丝丝莫名其妙的舒坦。她将鸟捧回家,喂食喂水,琢磨到哪找个鸟笼装起来。铁匠父亲发现了,认出这是郝八哥的八哥鸟,命女儿赶紧给他送回去。

大女子去送鸟，郝八哥小曲唱得正起劲，嘟嘟嘴示意笼子，顺口借题发挥来了几句鸟的小曲："大女子送来八哥鸟，八哥鸟啄破女子袄，露出白花花棉花团，不知是奶子还是棉，八哥伸嘴吸又唆，又香又软它又甜，哎哟我的八哥咋，你上世修下的好姻缘！"众人哄堂大笑，大女子听得心迷眼饧，腿软舍不得走，装着慢吞吞在鸟笼子边侍弄鸟。郝八哥这边更起劲了，由一支曲子又转入了自我改编的《十八摸》，在众人哄笑声中还没摸到小肚子，大女子已满面赤红，拔腿而去，背后传来炸屋子似的起哄、大笑，夹杂着八哥鸟的喳喳叫声。

从此大女子时不时借故来郝家，站一会，坐一会，听一会，狡黠的郝八哥似乎也看懂了大女子的心思，时不时将八哥鸟放出笼子，那八哥鸟也怪，一出门便飞去找大女子，哪怕她在火光熊熊的铁匠铺拉风箱，鸟也不怕热。鸟一飞来，大女子便找理由去喂鸟，换上干净的衣服，对小镜子拢拢头发，给郝家送鸟，在那待的时间越来越长。大女子本来就像个男孩子，在这听曲的男人堆里习惯后，起哄、荡笑，很快融为一团。有了大女子，郝八哥编小曲的创造力更丰富，唱得更卖力，众人听得更有味，大女子也仿佛吸了鸦片烟，听曲的瘾越来越大。

风声渐渐传到铁匠夫妇耳里，也说了，骂了，关了，打了，有几次还从郝家活生生地将大女子揪回来，鲁莽的铁匠甚至有次去砸了郝八哥的场子。可腿长在女儿身上，与郝八哥何干？反而被街道找去谈了话，弄得铁匠夫妇毫无办法。最后只有使出当地人惯用的一招,赶紧给大女子找婆家,远远打发走算了。铁匠夫妇费了很大劲在远远的大山里边找了一家,急急忙忙将大女子嫁了出去。据说大女子出嫁前哭得比刘备还伤心,几个娘们按住才拉扯走。大女子出嫁那天,郝八哥唱小曲场子没开张,他闭门瞪着灯光发呆,悄悄放开了装八哥鸟的笼子。

不久,郝八哥的篾匠铺便关张了,人们不知他去了哪里,深山里大女子的婆家也找上铁匠门来,说是大女子被一个说书的拐跑了,那说书的是个独眼龙。小镇从此没了郝八哥的故事、小曲,男人们觉得生活少了一味,特别是炎热的夏夜,酷暑难熬,暗夜漫长,怎么过去呢?时不时有人说,在外乡哪里遇见过郝八哥,与大女子在一起。他在前面背着包裹走,大女子背着大鼓跟在后边,那只八哥鸟,已不在笼子中关了,蹲站在大女子背的平鼓上,喳喳啾啾叫着,郝八哥边走还边唱小曲,他美滋滋地唱,大女子美滋滋地听,连山间的野鸟都在两人身前身后飞来飞去哩!

陈小官

陈家是个大户，大到解放前镇上大半条街都是陈家的生意，米坊、布坊、染坊、酒坊一应俱全，几乎包括吃喝穿用的全部行当；农村里还有大片土地，集外数里还有个带炮楼的水圩子，《毛泽东选集》一篇文章称之为土围子，解放军当时打下时颇费了一番周折。到陈小官父亲这一代，大户的繁华逝如流水了，旺盛的陈氏子弟被镇压的镇压，改造的改造，读书在外的也不回来，流落海外的更是没了联系，这是大时代变革的家族命运之一。陈小官父亲这一支本来就是小老婆接续小老婆传延下来的，在陈家本来地位就不高，他父亲辈上躲过了镇压、劳改、监督改造这一劫，后代戴着工商业兼地主成分这一铁箍，入平头百姓之列。唯一承续的是尚读过几年书，父亲教私塾，陈小官上了个县师范速成，当了个小学教师。

陈家当时兴旺，除了有田地、圩子、店铺这些象征，更有传续几世无人可及的大大的祖坟场，听说原来有方圆上百亩，高高朝阳，林深竹茂，松柏参天，蔚为壮观，光是看坟场的就有四五户，更别说坟场外旱涝保收的几十亩祖坟良田好地了。听老一辈人说，过去每到清明节，陈家上坟，浩浩荡荡的队伍拉开有里把长,白茫茫一片,撒的纸钱一路飞扬,明火暗香熏得成群鸟雀几天都无法在墓林坟场地落脚。当然,昔日繁华盛景早已烟消云散,看坟人早没了,那祖坟地也已不是陈家的专属地,坟墓地渐渐缩小,最后仅剩几十上百个近支又近支的祖坟,嫡传的几支后人各上各家的坟,大多坟无人包坟头,也无人丢纸钱,杂草丛生,塌陷坑洼。树大部分也在大炼钢铁时被砍去炼钢,只剩一丛丛灌木,零落地点缀插花,偶有三两野狗蹒跚寻食,陈家陵变成了乱尸岗。知其兴衰的人看此情此景,不禁唏嘘,感慨沧海桑田之变。

上面倡导修方块状的大寨田,这仅存的乱尸岗也保不住了,告示通知各家各户去迁坟,没人迁的,以无主坟由公家处理。这处理即挖个大坟,将骨殖骷髅统统归一处,深埋,上面盖土修田地种庄稼。顿时,家家户户忙碌起来,准备木料,请工匠割木头匣子,请人拣拼死人骨架,为祖上另择地掩埋。一时间,木匠生意和"拣筋"的生意兴旺起来。这"拣筋",类似《水浒传》中为武大郎死后服务的何九叔式的行当,不过书中记载何九叔还负责火化,这与当地风俗不相同。拣筋仅是将死人的骨头一块块拣出,再装小木匣一块块拼齐,要拼得认真、齐全、规整,一具人骨架,不得有丝毫差错。后看鲁迅小说《在酒楼上》,"我"顺母亲意归乡收拣弟弟遗骸的过程与此类似,是否鲁迅家乡的这种风俗与当地相近?待考。迷信说:若死人的骨头拼不全,或错了位,死者的后人会有残疾,骨位错缺在什么地方,后人残疾便在什么地方,故人们对收殓的人极为尊重,生怕得罪他,为后人落下灾难。

陈小官要去拣取父母的骨殖，割了两口木匣子，老婆没有意见。爷爷奶奶的怎么办？陈小官还想再割两口，但袋中羞涩，已向人借十几元了，雇人埋葬的费用还未有着落。与老婆商量，老婆眼一瞪，身一扭。也难怪老婆，陈小官虽是拿工资的公家人，可工资低，孩子多，老婆和孩子还是农村户口，工分少，超支多，每到秋季分粮，都得看生产队里社员的脸色，支撑这一家，全仗"向阳花"[1]的老婆，陈小官在家很没有地位。许是看陈小官闷声闷语的难受，老婆总算开恩了，拆了陪嫁仅剩的两个木箱和衣柜，又割了两副木匣子，感动得陈小官恨不得高呼老婆万岁。于是硬着头皮向同事又借了几块钱，勉勉强强将爷爷奶奶、父亲母亲的骨殖拣了、埋了，累得陈小官眼圈黑了一圈。

各家忙尽，有主坟算是迁完了，公社担心通知不到位，有主坟当无主坟处理会引起群众埋怨、闹事，又挨个调查，通知到户。剩下的数陈家的坟地最多，五服以内的陈家子孙不少，海外的没法通知，国内的发函没有回音，本地的多是管制的四类分子，通知到人，只是打哈哈。确实是，这些戴帽子的后人恨祖宗都来不及，自己父母没办法躲，爷爷奶奶捏着鼻子也躲不了，再往上四辈、五辈的祖宗呢？他们风流时我们没沾光，落下的地主帽子让我们受苦受罪，恨不得去扒了他们的坟，谁还去管他们呢？公社干部通知了一些陈氏户，都说任由政府处理，旁人私下议论起都摇头感叹。陈小官虽是庶出的庶出，也被通知了，公社本也不指望陈小官，陈小官却坐立不安，一趟

---

[1] "向阳花"指当农民的女人，来源当时流行的一首歌曲《社员都是向阳花》。

趟往乱尸岗跑、看，看迁出的坟地坟堆越来越少，仅存的几十个陈家坟越来越成为孤岛了，大大小小，高高低低，东一摊、西一摊的，荒草都没了精神，断碑残迹四零八落地飘散在丛丛灌木中，原来成群的乌鸦不知飞哪去了，仅剩三两只在灌木间穿来穿去，瞪眼看着他，连叫也懒得叫了，让陈小官感觉骨子里冒一股凉气。

他做出了一个决定：向公社负责这项事的干部申报了这些坟的迁移，拉下老脸向当供销社主任的学生家长又借三十元钱，雇几个人，去挖这些坟，寻四代、五代、及再上代祖宗的枯骨。木匣子割不起了，买了几只大麻布袋，不管亲的近的，男的女的，老的少的，无论腿骨、头骨、脚骨、胳膊骨，混装几大袋，用小板车拉了，在埋爷爷奶奶、父亲母亲的坟边挖了个大坑，埋了，又包了一个大大的坟头。再烧了一刀纸，也不管众多的祖宗够不够分。做完这些，他恭恭敬敬地向列祖列宗磕了个头，双手作揖，默默地祷告：祖宗原谅，祖宗原谅！已顾不得想回家如何向母老虎老婆交代了。

据说若干年后，分散海外各地的陈氏子孙归来寻根问祖，要修祖坟，修族谱，特别考证出这一支出自汉丞相陈平的血统，借重祖宗的青史英名，继皇考遗志以振宗室辉煌，筹划一次大规模的陈平及陈氏宗族源流学术讨论会。本想借学术上已小有成就的历史教师陈小官生花之笔写篇大作，但陈小官躲得远远的谁也不见，什么事也不掺和。

陈小官晚年还顺遂，但挡不住渐渐老了！老人念着后事，他一反常规，不购置墓地，为老婆和自己各自购了大理石的骨灰盒，特地交代儿子，死后骨灰盒沉到海里去，在人世间不留痕迹，与海底世界共存。有人说，他这是在学习周总理，他莞尔一笑，不置一词。为保险起见，他还郑重地写好遗嘱，专门留下儿子沉骨灰盒的车船旅费专用存折，并请了律师，还去公证处做了公证。这种公证，公证处第一次做，感觉这退休教师怪怪的；大家也都说，陈小官老师怪怪的。

睡床

镇上的人比乡下人讲究，区别之一在睡的床上。乡下除殷实之家，有正儿八经一张床的少，大都用土坯砌上两堵矮墙，放上元竹编的床笆，铺上稻草、棉絮、被单，便成为一张床，一睡若干年，不可移动，直到拆房子时，仍不改原貌，那老床的老土坯发黄，已成上等的肥料。许多家干脆连砌土坯床也省了，垫垫土坯和砖，有的甚至连这也没有，在地上直接铺上稻草、棉絮以当床，称"打地铺"。

镇上不然，除黄牛那类邋遢不像过日子的人外，没有打地铺睡觉的，再穷寒的家也有床，结婚更少不了添置一张木床，木床两头木板相连，无须用床笆，高级的也有不用木板连接，用可拆卸的床板，或不用板子，四框固定，加上一个梁，中间编织麻绳，简单的是霸王草的草绳，高级的是棕绳，这床睡上软软有弹性，类似当今的席梦思。贫富贵贱、等级区别在床上，有的四边竖立木柱，挂蚊帐方便，有的还有木顶棚，有的床前置一块垫高的木板，称"搭板"，放鞋用。倘四面再用木板封闭，与床连为一体的搭板处也封闭，放个带盖的小马桶和放首饰的小床头柜，像间小木屋，那便是闻名的八步床了，只有地主老财家才有。

没有这类床,也有两条长板凳放上床笆,被单一铺,蚊帐一挂,分不清有无木床,还可移动,总之是不愿意学乡下人用土坯去砌床墙。这种床不坚牢,两口子若夜里干点什么事,床笆直晃动,支床的凳子甚至也晃动,同睡一床的孩子很小就感受到性启蒙教育。笑话说,有小孩子不懂事,听床晃动,骂"哪个狗日的晃床"?啪,便挨母亲一巴掌。还有邪火的,动作大,将支床的木凳颠翻了,床塌了,全家掉到地上,孩子惊醒、惊哭,成为更大的笑话。

老孙头因为睡床,被人看成大怪人。老孙头祖宗三代本是给米大财主看坟场的,米家家大业大,镇上有商埠,乡下有田地,祖坟地也大,老孙头从祖太爷起,便负责看管米家祖坟,种几亩坟场地,不交租,负责看管牛去吃草,狗去刨坟,清明、年节负责接待米家浩浩荡荡的上坟队伍。斗地主、闹土改,米家土崩瓦解,身为雇农的老孙头随父来到镇上,分了米大财主的几间房子,还有店面,还分了米大财主睡的那张八步床,落毛凤凰已不如鸡的米大财主的小老婆也死缠硬赖,改嫁给老孙头当老婆。

父亲死后,老孙伴着他的漂亮媳妇过日子,白天摆个瓜子、花生摊,晚上搂着小媳妇睡着八步床,按说该美了!可老孙有个怪癖,说是床硌人,睡不着觉。每当睡这床时,翻来覆去"烙烧饼"，小媳妇起初认为他闻不惯搭板上的马桶味，给马桶加上盖子，不行；将马桶挪走，仍不行。急得小媳妇抓耳挠腮不知说什么好。

他在床边搭了个地铺，铺上厚厚的稻草、棉絮、床单，从八步床上搂过赤裸的小媳妇，顿时雄风大起，将小媳妇侍弄得嗷嗷叫。干过了，小媳妇喊上床，仍不去，在地铺上一会便鼾声如雷。渐渐小媳妇也习惯了，干那事，在地铺；睡觉，一个床上，一个地铺，各睡各的，这一睡便几十年。过得都好，只是小媳妇肚子不鼓，青年、壮年时两人还叹气，老了也就算了，认命。

有那么几年，老孙尚年轻的时候，他睡地铺也不习惯了，院里有两棵大香椿树，粗粗壮壮，高高直耸，还是米大财主爷爷辈栽植的。老孙别出花样，在两树之间搭上竹笆，顶上搭几块雨毡，睡到树上去了。除了与老婆在地铺上干那事，春夏秋三季，几乎都睡在树上，引得小孩们来看，很羡慕；街坊们背地议论，这个怪物！老婆起初也吵闹，没用，只好随他去。

春天雨多，秋天露重，唯有夏天正好，树床支得高，蚊子还飞不上去。对付会爬树的蚂蚁，老孙早有办法，用湿湿的泥巴在树根部糊上厚厚的一层，干了再糊，往树上爬的蚂蚁细爪子粘在泥巴上，进退不得，太阳一照，不晒死也饿死，久了，蚂蚁似乎知道这是死亡之地，便不敢爬这两棵树了。

夏天烦老孙的是知了，中午在树上叫个不停，晚上时不时撒尿在他脸上，挡雨的雨毡有时也挡不住，老孙用竹竿套南瓜藤缠蜘蛛网去粘，捉了不少，也总捉不绝。后来他又发现个规律，初春时节，黎明时分，树旁地上有许多小洞，还未长出翅膀的知了虫蠕蠕地往上爬，爬行的过程翅膀便变大，变硬，爬上树便会飞，会叫，老孙从小在农村长大的，知道这叫"知了猴"。

春天来临，他早起便去捉，有时一早可捉一大海碗。能爬上树的"知了猴"少多了，偶有两三只，老孙还有南瓜藤缠蜘蛛网对付。刚出土的"知了猴"，肉肥肉嫩，油一炸，又香又脆，是喝酒的好菜。小媳妇开始不敢吃，后来经不起老孙的动员和香味的勾馋，尝试了也觉很好，还吃上了瘾，老孙更是如此，觉得吃后干那事更有力气，凭这，媳妇对老孙睡树床又多了一分理解。春雨潇潇时，她还会给老孙送块雨布；秋露霜重时，也会给老孙送条毯子。老孙怪但不傻，冬天冷，他会撤床搬回屋里。

过去，树上还有个喜鹊窝，每年孵一窝小喜鹊，引得一群喜鹊整天在树上喳喳叫。虽听喜鹊叫是吉音，但成天叫个不停，街坊们都烦，而对于益鸟、吉鸟，又下不去手。老孙搭了树床，将喜鹊窝捣了，喜鹊被赶跑了，从此安静，邻居们私下还庆幸老孙干了件好事。

讨厌的是那些不知哪来的甲壳虫、螳螂、小天牛、蜗牛之类，时常打扰老孙,后来供销社供应了"滴滴畏"农药,老孙买了些,借个喷雾器,掺水往树上喷洒,药散后再去他的树床。这些东西被赶尽杀绝了,估计树也生不了虫了,那树,长得愈发粗壮,愈发得茂盛,每年香椿的产量翻了一番。

渐渐苍老的老孙已变成了老孙头,他已上不了树了,不能去睡他的树床。喜鹊又飞回来,在上面做了窝,每年仍孵一窝小喜鹊,一群喜鹊又在树上喳喳叫个不停。蚂蚁又爬上去,知了也飞上去,甲壳虫、蜗牛之类也回归它们昔日的乐土。有人甚至看到过一条花斑肚子的蛇在树枝间盘缠蠕动,伸出长长闪闪的信子。老孙头时常在树下仰看,看着那热闹,听着那聒噪,叹口气,感觉自己老啦!春雨秋风,星空明月,伴着他的岁月而去。

媳妇先老孙头而死,老孙头抱着媳妇的尸体号啕大哭,当地的风俗,死者先要在家的堂屋铺地铺睡上一两天,称凉铺,因天凉,老孙头让媳妇在凉铺足足睡了七天,"头七"与送葬同日进行的。老孙头还将那张楠木八步床改成一口棺材,给媳妇睡。懂行的人说,多少年来,能睡上楠木棺材的,恐怕老孙头媳妇是第一人,后无来者了。

独居的老孙头给自己割了口十八头[2]的棺材,每年请漆匠来

---

[2] 用木材割棺材时,使用多少棵木头,便称多少"头","十八头"即用十八棵树的木料做的棺材,是档次较高的。

上一遍漆，漆要上等土漆。几年过去，那棺材板弹敲起来，发出咚咚磬钟般的声音。别人还不知道，老孙头晚上仍不睡床，也不睡地铺，而是睡在棺材里。如睡不着，从棺材口看着屋梁；再睡不着，起床到院子里，抬头看越长越高的香椿树，听风吹树叶沙沙的响声，间或树上夜蝉的鸣叫。他忽然忆起少年时，随父亲时常睡在米大财主生前修好的青砖石墓里，记得父亲说：这里好风水，好墓地，好墓，睡一晚沾沾地气，没准下辈子我家也出皇帝哩！

然后，回到屋里，揭开棺材盖板，躺下，那是他最后的睡床。

黄雀啾啾

秦大先生玩了半辈子鸟，将祖上传下的几十亩田玩光了，也喂不起那许多花大把银子淘来的鸟，只好带着一只仅剩的黄雀以算命为生。黄雀算命称"叼命"，将几十上百张写着四句打油诗的签文折叠好，让黄雀叼出一张，昭示求者的命运流年凶吉，因算得准，他在方圆百里之地颇有名气。

解放后破除迷信，他便被迫洗手不干了。到处挂着破解迷信骗人的宣传画，也有拆穿"黄雀叼命"把戏的这一张，昭示驯化的黄雀是饭粒粘在纸条的条件反射，叼哪张，是算命先生用手势暗示的，有人问秦大先生是不是这么回事，他撇撇嘴嘀咕：才不是哩！却不敢大声说。

儿子秦小鸟从小便看父亲驯鸟，七八岁又随父亲串乡赶集去"黄雀叼命"，鸟也玩得精熟，有时缠父亲给他也叼个命，父亲不干。据秦大先生说，这孩子有听懂鸟语的禀赋，从喜鹊叫声辨，经常在南岗取到鹰捉的兔子；从乌鸦叫声听知远方的亲戚有病，还使秦大先生避免了几次血光之灾，知鸟者要避鸟灾，起名秦小鸟，也有此意。这些反正都听秦大先生说的，人们将信将疑。不过这孩子区别各种鸟音的天才大家还是公认的，比如说，他很小便知各种鸟叫的音节不同：

麻雀叫：呷呷呷——呷呷——呷；

喜鹊叫：喳喳喳——喳喳——喳；

斑鸠叫：咕——咕咕——咕咕咕咕咕；

乌鸦叫：呱呱——呱呱呱——呱呱；

布谷鸟叫：谷谷谷谷——谷谷谷谷——谷谷——谷谷。

诸如此类，他能辨清十几种常见的鸟音音节。这孩子还顽皮，知鸟音却不爱鸟，反而喜虐鸟，穿开裆裤便爬树掏鸟窝，攀屋檐掏麻雀，经常将树上和屋檐下的其他鸟类和麻雀的窝捣拆粉碎，惊得鸟乱叫，更惨的是有时将鸟蛋弄得黄稀稀的扔在地上，还把精条条的小鸟摔在地上哀哀直叫，看到的人直摇头，连说："作孽，作孽！"秦大先生知道了，一顿狠打，打也没用。

秦大先生死了，已长大成人的秦小鸟早已不干那虐鸟的勾当，被人提起时还常为少年时的荒唐深悔；许是为赎罪吧，他常常撒些剩饭、稻谷在院子里，喂那些不请自来的鸟；晒粮食、晒元宵面，有鸟来啄食，他也不认真去赶，弄得晒干一半，鸟吃一半，人讥他是个大傻瓜。父亲死前喂养的那只黄雀，他为父亲送殡后，遵照父亲的遗嘱，在老鸹岭放飞了，谁知三天后又飞回来了，他只好继续养着，无论再困难，都保持鸡蛋清拌小米的黄雀伙食。黄雀不需要笼子，他走到哪里，黄雀都在他身前身后飞，"啾啾"鸣叫，有时还站在他的肩头，膀肩清羽，成为街上的一道风景。

他的生活来源是去乡下收鸡蛋，那时农民喂养鸡不多，三四五只，母鸡生的蛋一般舍不得吃，攒着，到集上去卖，路远跑一趟不划算，镇上不少无业的人便干这营生。从农民手中五分钱一个收，到供销社平均可七分一个卖，农民卖论个，供销社收论斤，有时八个九个大一点的鸡蛋称一斤，便赚更多了。这活没技术含量，本钱也不多，成年男人、女人都可干，勤利些混个肚子圆没问题，只是起早贪黑，四乡里转，特别是防备狗咬，刮风下雨，多吃些苦。若是有不地道的农家将孵不出小鸡的"忘蛋"和蚊子叮过的"坏蛋"混进不识收上来，挑满满一担鸡蛋未放好，过沟上坎将鸡蛋撞碎的多了，会亏本白忙乎。秦小鸟身体好，又年轻，收鸡蛋时妇孺不欺，有好声誉，特别是那只黄雀，跳站在他挑担子的扁担上，人未进村，先闻黄雀叫，引得爱热闹的孩子围看，自然有了人气场子，因而他每天收的鸡蛋往往比别人多。

黄雀对秦小鸟还有一个大作用：指路。出行时，去哪个方向，放飞黄雀，黄雀飞哪个方向，他便朝哪个方向走；遇有岔道，三岔路口，也是由黄雀飞的方向，定夺择路。还别说，秦小鸟很少遇有别人刚收过鸡蛋的"二茬收"，这是收鸡蛋的人最怕也是常遇到的，白跑路，少收获。生僻不熟悉的地方，他几乎从未迷过路。秦小鸟很自得，老爹留下这个活宝，让他少动了脑筋。

有一天，他随着黄雀指引的路走，自己也觉得不对劲，这是三两天前刚走过的路线。但由于迷信和依赖黄雀，秦小鸟不愿意改道，便一直往前走，擦过村庄没进，穿过三两户农舍没停，山一程、水一程，走了大半天，一个大湖断了路，他知这次走远了，到了荒凉偏僻的苇子湖。

苇子湖大，沼泽滩更大，遍长苇子，栖息野鸭、大雁等诸多鸟类，没路了，黄雀仍往沼泽地的苇丛飞。秦小鸟迟疑了一下，也往苇丛走，没走几步，鞋被泥陷湿、陷脏了。他正待骂鸟，准备往岸上返，突然眼前一亮：苇丛中有几窝亮晶晶的野鸭蛋。他连忙回头上岸，放下空担子，脱去鞋袜，拿着常备的一个布口袋，去捡这几窝蛋。

捡完这几窝，眼前又现几窝，他欢喜得心几乎从嗓子眼蹦出来，又去捡，很快装满一口袋，上岸将蛋放到担子里，再去捡，**越捡越多，越多越捡**，有野鸭还在窝里孵蛋，秦小鸟惊飞了它，野鸭蛋还热乎乎的，很快，担子的两只箩筐已装满了。

得了宝的秦小鸟这才觉得累了，他洗好脚，穿上鞋袜，点燃一支烟，坐在湖埂美滋滋地抽着，看成群的野鸭在苇丛上的天空嘎嘎乱叫，有些从苇丛飞出，开白花的苇子摇动起伏，似风吹一般，白白苇花飘飘洒洒，有数片还落在秦小鸟的头发、衣服上。可不见黄雀飞回来，他噘嘴"啾啾"呼唤，呼唤了足足有一个时辰左右，还不见黄雀飞回来，只听野鸭和大雁的鸣叫，掺杂不知名的鸟类声音，分辨不出黄雀的声音，他有些失落和心慌。边唤边抽烟等，还不见黄雀飞回来。

看天色近晚，他只好怅怅而返。挑着重重的装满野鸭蛋的担子，已没了欣喜，而是为那只黄雀担忧，为不知明天它回不回来而发愁；夜路又不好走，尽管已习惯了走夜路，但这天没有了黄雀，他总是觉得孤寂难耐；从不相信鬼神的他看黑影，听响动总以为是鬼魂出没，心惊肉跳。磕磕绊绊总算将野鸭蛋挑回了家，发现蛋破了一小半，腥腥的蛋清蛋黄一路淋到家，屋内弥漫着腥味，他收拾清扫到天亮，黄雀还未回来。

秦小鸟躺倒了三天，医生说他伤风感冒了，打过针、吃过药好了些，他盼望的黄雀仍未回来，他不得不拖着虚弱的身子，再去苇子湖寻找黄雀，当然还不忘挑着担子，顺便再捡些野鸭蛋回来，这无本的收蛋更好，何况野鸭蛋比鸡蛋卖得还贵哩！

寻到苇子湖边，他先顾不上去收野鸭蛋，在岸上"啾啾"唤黄雀，仍是未有回音。又脱鞋赤足走进苇丛，边寻野鸭蛋，边唤黄雀，奇怪，向苇丛深处走了好远好远，连一窝野鸭蛋都未看见，学黄雀叫的双唇几乎抿不紧了，黄雀还是未唤回。

野鸭成群地在他头顶飞，嘎嘎叫着，拉的屎撒得他头、脸、衣服星星开花，臭气熏得他难受，沼泽越来越深，他有些怕了。脚踩住一条滑溜溜的蛇，蛇窜出来后，爬行几步竖起半条身子，扬头瞪着他，红红的信子伸伸缩缩，他一阵心紧，用空布口袋甩了几下，方才将蛇吓跑。他不敢再逗留了，慌忙往岸边走，好在有泥上的脚印，使他不会在密密的苇丛迷路失向。

苇子越来越稀时，突然两只惊飞的野鸭从左前方的苇丛飞出，他想：许是那有一窝野鸭蛋吧，便偏斜插过去，苇丛根处没有野鸭窝，在密密的苇子中，一枝苇竿上挂着他的黄雀，头朝下，爪朝上，两只翅膀耷拉着。他跑上前，双手捧住，黄雀已经死了，身体僵硬，有鸭嘴啄的伤，漂亮的羽毛和细细的绒毛撒了许多在那棵苇子竿下，两只嫩绿的花青蛙蹲在旁边，腮鼓鼓地蠕动，瞪着眼睛看着他。他脚刚迈动，蛙"嗖"地向苇丛跳去，送来几声呱呱呜叫，他听了头皮直发麻。

秦小鸟带着他心爱的黄雀尸体往家返，空空的担子他竟觉得十分沉重，一路歇了好几次。他不敢选在大树下歇，怕听树上的鸟叫，在无树的田野歇，偏偏稻田也有田鸡和鹌鹑在叫，更别说觅食的麻雀了。这让他心底撕裂，与黄雀的叫还那么相似，不知是笑他呢？想黄雀呢？这是庆黄雀呢？打小识鸟音的秦小鸟听不懂了，连音节他也辨不清连续有几声。

做口小棺材埋了黄雀，秦小鸟不再收鸡蛋了。他买了一管猎枪，还是双筒的，去苇子湖打野鸭。弹弓练就的童子功，往往弹无虚发，每天都会挑回十几只野鸭卖到饭馆里，日子过得比收鸡蛋好多了。

他又添了支铳子，这是一种放霰弹的猎枪，枪膛灌满铁砂子火药，一枪轰过去，铁砂子散开飞击几丈远，中弹的野鸭成片倒下。秦小鸟往往挑着沉甸甸的担子回来，小镇不仅饭店，许多家锅里都飘散野鸭的香味。

苇子湖的野鸭被秦小鸟的铳子打惊了，白天往往飞到离苇丛比较远的湖水中心，秦小鸟铳子射程够不上。秦小鸟摸索出伪装战术，划着木划子，披着苇伪装衣，晚上便伏在木划子上。天微明时，野鸭群从苇丛飞出来，在认为这时安全的浅滩嬉水、觅食，秦小鸟出击了，铳响野鸭惊飞，留下中弹的黑压压一片。

那晚，秦小鸟又披着伪装衣在木划子上蹲守，天黑不见五指，只听得苇子沙沙响，湖水拍岸啪啪声，湖心的野鸭睡着了，秦小鸟也睡着了。他做了一个梦，梦见父亲秦大先生端着黄雀叼命的篮子站在他面前，那只黄雀在篮子上跳跳蹦蹦，啾啾叫着，好看的眼睛望着他，从黄雀的眼神中，他读出了哀怨。秦大先生手一指，黄雀跳进篮子里，从摆放整整齐齐的签文中叼出一张来，秦大先生拆开，读出声：

渔家弄水逞风流，

堪笑世人哪知愁。

荻罐不离井瓦破，

离魂方悲荻芦洲。

第二天，人们发现秦小鸟在苇子湖淹死了。他是穿着伪装衣落的水，衣湿湿沉沉，铳子也落在附近的水里，木划子翻斜着，肚子已肿得老大。野鸭在周边鸣飞，有人看见，似还有几只黄雀，在苇子枝上啾啾跳叫着。

博士渔夫

博士不可能是真正的博士,小镇哪有那么大的造化。那时读个初中在人们眼里便是考上了秀才,考取高中更是中了举人,一二十年也没出过一个大学生。外地曾来公社任职的一位干部因是大学毕业,人们都不称他职务,称他"×大学",大家充满敬意,他也更觉荣光。

称为"博士"的这位,从小便是小学校的学习尖子,被全校老师看好,预言会成为小镇第一个大学生。他果不负众望,初中考取了附近最好的叶集中学,高中又考取了县城一中,大学考上了地区师专,虽是专科,也是大学。小镇颇轰动了一阵,家长教育孩子,都拿他做样板。

可惜他三年没读完便回来了,说是病退,好像得的是肺痨症,这在那时是很重的病。回来就回来吧,他似乎并不介意,因家境殷实,名气又大,在镇里稳做文化"鸡头",比毕业后分配去哪当个孩子王"牛尾"好。

还有知根底的说,他回来丢舍国家教师的铁饭碗,全不介意，是因为喜欢一个女人，历史上爱美人不爱江山的大人物多了去，何况他舍去的比江山差远了。这个美人确实是小镇公认的大美人，生在街后，与他还是小学同学。据说四五年级时，两人就互相传递过纸条。还有更有趣的一件真事：夏天男孩子们玩射箭，即在高粱秆插上缝被子的大钢针当箭头，竹子弯个弓，牛皮筋做成弦，射鸟玩。后来称为博士的这位小学生也一起在街后寻麻雀、喜鹊射，不料一阵风吹过，高粱秆箭杆又轻，嗖地将他射出的箭吹向半空，看不见了。众孩子都以为箭随风飘没了，谁知风又落下，随带这支箭飘飘斜斜往街道落去。小美人正巧路过那座流水淙淙的石板桥，低头只顾赶路，那箭像长了眼睛，不偏不倚落向小美人身上，更是不偏不倚扎向小美人发育正丰的小乳房上，准确地说，是乳头上。正值夏季，小美人穿着薄薄的月白衬衣，当即惨叫一声，跌倒在地，鲜血直流，被人抬去公社医院。

男孩子的箭杆都是刻有名字的，那都是向大鼓书中穆桂英学的，元凶很容易现形。这下可热闹啦！女孩家闹上门来，男孩家又是赔礼道歉，又是出钱治疗，老母亲天天为女孩送鸡汤，男孩也免不了挨一顿暴揍，没想到一来二去，双方家长由怨生情，干脆为儿女包办结为亲家，一箭得了个大美人，惹得街上男孩都眼红。在外读书的中学生说，他射的这是丘比特箭，人们听不懂，只知是定情箭，就像穆桂英射向杨宗宝的箭，只是见了血，更邪乎。

退学的博士因名气、学问不愁职业,很快便被公社招去当了文书,虽不是正式干部,仅为"代干",但在镇上人眼里,是"公家人",且在衙门混事,可谓风光了。与小美人正儿八经办了喜事,新旧式结合的婚礼隆重之极,轿子从街南头到街北头兜一圈,鞭炮皮铺了一路,花生、大枣、小糖撒了一路。

也可谓乐极生悲,红色风暴来临时,博士起初还是积极分子,大字报栏少不了有博士龙飞凤舞的毛体书法。博士对伟人佩服得五体投地,四本《毛选》翻看得卷了角,红笔、蓝笔勾勾点点圈圈杠杠画了一遍又一遍,情不自禁处,还在边角加批、加注。不料这却惹了麻烦,被公社那位早妒忌博士夺了自己许多活的正式秘书告发,理由是从这些批注中看出博士有野心,比如:在"星星之火,可以燎原"处批:凡燎原之火都是从星星之火聚发的;在"农村包围城市"处批:在中国,得农村者,得城市,得天下等等。秘书揭发他有野心,造反派几个人仔细琢磨,认为他确有野心,立马立案审查,先是关起审问,绑起拷打,据说博士经不起整,承认自己确有野心篡党夺权,组建什么"马列主义党",自任总书记,接着交代谁是常委,谁是委员,振振有词地交代了一大串。交代一个,抓一个,审起来又有人交代,抓的人越来越多。一时间,小镇被搞得风声鹤唳,都怕博士交代出自己来。后来不知为什么,这事不了了之,抓的人又放了,博士先是带着白袖章劳动改造一阵,接着也没人问了。不过,博士在公社的泥饭碗便摔了,本来他就不是公社正式干部。

丢了饭碗的博士"孬"了，这是人们对傻、疯之间的一种称谓。博士见人很少说话，说几句颠三倒四，做点事动作木痴痴的，仍很漂亮的小美人腆着大肚子经常到处找他。"孬了"也得吃饭，不久人们看到他成了个打渔的。

镇上的孩子从小喜捉鱼玩，捉鱼也成了不教自会的手艺，但真正的渔夫需要有工具，钩、桶是少不了的。从此，人们看到博士白天带着刨锄，拎着瓦罐寻垃圾堆、阴湿处刨捉蚯蚓，傍晚挑着渔桶和盘满蚯蚓的丝钩篾筐去乡间，寻塘沟湖汊处下钩，清晨看他挑着担子归来，一头是湿湿的鱼桶，一头是装鱼的箩筐，鱼有时多些，有时少些，鱼少时便在筐内压上几块砖，小扁担压得吱吱的。初时人们好奇，渐渐也习惯了，主动迎前问有鱼没有，招呼挑选几条新鲜活蹦的鱼，人还未到家，鱼便卖光了。

博士仍是话不多，也不怎么与人讨价还价，张口一个价，随人挑选，挑剩的小鱼小虾回去慰劳他的小美人老婆。几年下来，博士已没了往日的风采，彻头彻尾成了个渔夫，人也黑了，手也粗了，衣服上挂着片片白鱼鳞，浑身散发一股鱼腥味，也会卷那简易的大炮台烟抽了。与其他渔夫不同的是，口袋少不了装一本书，鱼钩下水后，斜躺在草地上，翻开着书，抽着烟，悠然自得等收钩。也没了在书上批注的习惯。白光消尽，点着盏随带的小麻油灯看书，小麻油灯黄黄的光在黑黑的夜幕中闪闪的，似团鬼火，一点没有书中渔火描述得浪漫迷人。他仍是寡言少语，从不参与议张家长李家短，更不议镇上及国家大事，甚至从此再未用笔写过字。

人们还是喊他"博士"，喊长了，已不知他的姓名，只是背地里提及他，在博士的后面加"渔夫"二字，连渐渐长大的小孩子上小学校，逢到老师通知学生家长开什么会，办什么事，也称其为博士。这使镇上的孩子知晓：原来大学毕业后还有博士，那是最大最大的有学问的称谓，大学生嘛，只是初级的。数年后，小镇考上博士的多了，被称为博士之乡，不知与此有无关系，那时，博士渔夫苍苍老矣，几个孩子才小学毕业。

徐九香

徐九原来是个货郎。货郎是挑担串乡叫卖的，故也称"货郎担"，卖些针头线脑，风里雨里吆喝，故为坐地摆摊的商家小贩看不起。许是因此，他在街上租间房，摆了坐摊，开始仍是卖些钢针、丝线、木梳之类，可能镇上坐摊多，徐九卖的商品又无特色，难以维系生活，他的坐摊门脸时开时闭。关门时，仍挑着货郎担子，摇着拨浪鼓，走村吆喝，早出晚归，甚至三两天才归。

归来的徐九，门前摆满大筛小箩，晾晒从农村换回的王八盖、乌龟壳、鸡肫皮之类，引得小孩子们围着看。更多的是臊烘烘的鸡毛鸭毛，在阳光下用苇席摊着一团一团曝晒，风吹起，到处飞舞鸡鸭绒毛，徐九手忙脚乱找东西压，挥扫帚扫，引得路人驻足哈哈笑，调皮的还说句当时的时髦话："谁说鸡毛不能上天？"众人笑得更起劲了。徐九边手忙脚乱抓压鸡毛，边用手扇着鼻孔防绒毛钻入，也不睬。

徐九的生意渐渐好起来，是他开始卖香。敬神的香本地没人制作，供销社有卖，人都说贵，内行的人还说缺土香的味，徐九不知从哪捣鼓来土香，不好看，点燃了却有种特殊的芳香味，价格也便宜，人们都来买徐九的香。

天热蚊子多，那时熏蚊子都用蒿草和稻壳，每到夏季的晚上，各家各屋，纳凉场地，冒起一团团的烟雾，呛鼻刺眼，蚊虫熏跑了，人也遭罪够呛。偶有殷实的人家，从外地带回正宗有品牌的蚊香，放在屋里点燃，出门捏着鼻子，成为镇上人的另一等级。有人与徐九开玩笑，你卖神用的香，为啥不卖人用的香呢？

这话提醒了徐九，不知哪一天，徐九真的捣鼓出蚊香来。他从白白粗粗的大条蚊香开始，后来还会制盘香、插香，再后来，还会制敬神的细香、烛香。他制的香，没有商标，不用包装，却有那种供销社卖的香没有的土香味，蚊子被香熏得晕晕的，蔫蔫地扇着无力的翅膀，远人而去，人闻到淡淡的、清爽的香味，舒适地度过酷暑夏夜。

从此徐九的小日子开始滋润，锅里经常飘出肉香，摊铺门脸开得大大的，厅正中的中堂"天地国亲师位"的红纸黑字崭崭新亮，后改成领袖画像，也足足比别人家的大一倍。挑货郎担时的粗布短衣连襟大褂，换成了夏丝绸秋冬洋布的时尚装。

夏天的傍晚，常看到他坐在竹躺椅上，摇着新芭蕉扇，四肢伸开哼小曲纳凉，旁边点着徐九香。行走在街上，边走边摇着扇子，硬着腰板，迈着八字步，行走着，高声大嗓应着打招呼的街坊。人们私下都说，这个徐九，卖香、制香，成肉头啦！有几位过去被人撺掇未成的寡妇，因没嫁给他，后悔得心头扎针似的。

那些寡妇后悔也覆水难收，徐九家有女人啦！这女人进门与徐九学会制香的手艺间隔时间不长。据有人私下考证，徐九是因为这个女人才学会制香的手艺。传说中的故事有几个版本：有一种说徐九挑货郎担串乡时，结识这女人，女人的丈夫便是制香的，患痨病死了，徐九热心帮办后事，感动得女人连手艺带人随过来；另一种说，这女人与徐九年轻时便相好，因女方父母嫌弃徐九是个货郎，便将女儿嫁给制香的手艺人，女人的丈夫无福夫妻终老，给了徐九继续前缘的机会；还有几种说……反正不管哪种说法，女人的丈夫是制香的为真，嫁给徐九更为真，随嫁带来制香的手艺便真上加真了。

徐九算得上小镇的美男子，大脸大眼粗眉，中等身材壮壮实实，更为特殊的是皮肤白白净净，除了那些不在野外劳作晒太阳的公家人，镇上走卒小贩难得他这身白膘。徐九带来的女人也相配，皮肤也少有的白，已是五十奔六的人了，银盆大脸富态，肤色雪白干净，露出的手脖子、脚脖子也透出一个"白"字。镇上几位老光棍，甚而年轻一些的痞混混，初时有事无事去徐九店铺插科打诨，说说笑笑，这女人不搭讪，顶多抿嘴笑笑，瞟也不瞟来人，只顾忙自己的活计，弄得这些老少光棍讪讪的、恨恨的，背地里说些酸话：这女人！桃花眼，高颧骨，红腮帮，大屁股，高山奶，怕是丧夫哩！

徐九的卧室与邻居仅隔道麻秸泥墙，不隔音，邻居偏又是个喜学舌的，在外说：每天晚上，徐九的床竹笆子吱吱呀呀响个小半夜，津津有味说完还叹口气，唉，五十奔六的人啦，怎么吃得消？听的人附应：这徐九，怎么吃得消？

房事传闻勾起人们的想象，痞混混们坐不住了，更喜往徐九摊子凑，借口买根针，买把线，有个混混趁徐九不在家，去买铜顶圈，这小玩意类似满清王爷戴的板指，只不过戴在中指上，是妇女做针线活时，用来顶钢针用的，圆圆一个铜圈，表面布着密密麻麻的眼，有了一段对话：

"这个粗了，顶进去太松。"

"那给你换个小的。"

"小的太紧，顶不进去。"

"紧了好，不容易掉。"

"紧的好吗？"

"紧的好。"

"那我就要你这个紧的。"

徐九夫人稍抬头，看痞混混色眯眯的眼，猛地悟出他的不怀好意，脸飞地一下红了，取顶针的手停在那里，愣怔住了。正巧这时徐九回来，听到后面那句对话，看到这场面，扬起手中的菜篮子向痞混混甩去，茄子、黄瓜滚了一地，痞混混撒开腿跑，徐九一直追到他家，摔了几个碗和一把瓦茶壶，要不是邻居拦着，痞混混的小锅腔也被砸了。回来后，又站在自家门口，扯嗓子跺脚骂了一通，无人敢劝，还是被低眉顺眼的夫人扯进屋内。从此，这些老少光棍再也不敢来徐九家挤眉弄眼了，买蚊香都托小孩子帮办。

日复一日，徐九脚踩碾子碾着不知什么树皮、树根，碾成粉末，再从铁木社购进锯末，掺和掺和，用只小漏斗将粉末倒进长长的丝绵纸做的"肠子"内，就像过年杀猪人家灌香肠，一支简易的徐九蚊香便成了。徐九做蚊香时，他的"白"夫人在旁看着，一边纳着鞋底、鞋帮，遇有来买东西的，夫人去取，报商品名、数，徐九洪声大嗓报多少钱，夫人付了货，收了钱，又静静在旁坐着，看，忙。出外买东西，都是徐九，几乎从未见过徐九的夫人离开过家门。有胆大的混痞子还想寻找机会去与她搭句话，却找不到机会，干咽唾沫，邻居转述听房的新闻已没有新话，听的没兴趣，说的也没了兴趣，唯有那香，神仙需要，人亦需要。

不知哪一天，人们发现，好长时间没见到徐九的夫人了，只见徐九一个人在那里忙、做，也不敢问。没多久，徐九病了，咽气前，他让在身边照顾他的老伙计点香，却满屋找不到香，老伙计想去供销社买，徐九招招手制止住，又指指一个屋角，那里堆了一堆晒干的东西，形状似生姜，但有毛须，黑黑的，按徐九的指挥，老伙计取来一堆，点燃了，满屋顿时弥漫土香味，可谓"浓熏鸡舌，散馥氤氲"，使人神清气爽，徐九也回光返照似的瞬时有了精神，大眼睛晶晶亮，满面红光地对几位老伙计说："真想跟×××（指他的'白'夫人）尻一下。"说完，便闭了眼。徐九死时很安详，很淡定，嘴角还挂一丝笑。街坊们惋惜的是，没见那位"白"夫人来送终，想通知又不知她在哪里。

镇上没有了徐九香，人们想起徐九临终前点燃的那堆植物块根，找来开药店的祝员外辨识，祝员外说这是中药，学名"苍术"。街道便办起了制香厂，锯末加苍术，创了个品牌："山南牌"，行情甚俏。只有老一辈的人还念叨，这原来是徐九香呀！

卦饼

有谁听说用烧饼算卦的吗？小镇便有，发明人温白牛，别说他是旁门左道，这可是一位家学源远、卦术极精的正规卦师。

温白牛是从江浙一带流落至此的，自称祖籍青田，是正宗大明开创功臣刘伯温的后裔，刘伯温孙子犯事，家道衰落，改姓易名来到此地，到他这一代，据说有望翻盘，姓名与刘伯温倒了个个。他还说，从祖宗留下的易书推断，这地方是他家风重振的兴旺宝地，可惜挣扎数年，还看不到光宗耀祖的迹象，从晚清、民国，直至新中国成立，他仍是个算卦的。

温白牛原来也是用龟甲、蒲草算卦，不知从什么时候开始，发明了用烧饼算卦，这烧饼，是温白牛自己烤制的，面层有芝麻图案，算卦人咬一口，温白牛看卦象，再咬一口，再看，三口过后，剩余一小块，卦象全显，温卦师便不紧不慢细述祸福吉凶，十拿九稳。

解放后破除迷信，温白牛堂而皇之的卦摊也摆不成了，堂堂刘伯温的正统血脉也不愿偷偷摸摸违政府旨意去干犯法的事，歪打正着将这好吃的卦饼打造出一个品牌来。他命名烧饼为"伯温饼"，因上面有黑白芝麻构成的太极图，又称"太极饼"，老百姓习惯称"卦饼"。

卦饼很好吃，沿淮一带很有名，有人不远数里赶来，只为买这种饼。据说当初有人找温白牛，不为算卦，只为吃这烧饼，可温白牛坚持吃一个烧饼算一卦，不算卦不卖烧饼。他还信口胡诌，说这烧饼的发明人是老祖宗刘伯温，当初给朱元璋吃的正是这饼，千古不朽的《烧饼歌》也正来自这饼。

我是在小镇吃这饼长大的，那时温白牛已是饮食店专掏烧饼的。其实这种烧饼并不稀奇，不过是面粉、盐、葱花之类，功夫在烤功和图案。一般的烧饼，在平锅烤，也有用炉烤的，贴在炉壁上，盖上盖，熟了用火钳夹出便可。温白牛的饼也在炉上烤，却不用盖压火，不用火钳夹取，而是用手取送，翻饼。无论春夏秋冬，他赤着一只胳膊，用湿毛巾滤水一淋，将胳膊伸进炉内，火烤水气蒸发滋滋响，有水滴在火上，哧啦一声冒出带白烟的水蒸气，他眼一眯，扭头避一避。手伸进火炉送饼、翻饼，隔一会儿，缩回胳膊再淋淋水，再伸进火炉。按温白牛的说法，饼要正翻七，反翻八，差一翻不酥，多一翻会煳；柴有讲究，必用栗木；火有讲究，旺而无烟，明而不起火燎。

许是长期掏烧饼的缘故，温白牛胳膊和手臂的皮肤通红通红，死的表皮层层脱落，已不再生了，汗毛更是没有，粉红嫩嫩的，似婴儿刚到人间的皮肤，还有星火迸烧的小疤。因翻得及时，火功恰到好处，这饼两面焦黄，色泽匀称，外焦内酥，口感极好。算卦的他总结起来也有门有道：烤这饼的功夫在翻，翻是为饼的表面受火均匀，这叫"天下公平"；翻是为面团烤得火候正好，这叫"权衡天下"。众人佩服他的妙语，更喜欢吃他烤出的焦酥适口、咸甜适度的饼，又加上他这饼不含荤腥，油都用素油，汉民、回民，俗人、出家人都可食用，他说这叫"天下大同"。

因伸胳膊在滚烫的炉膛掏来掏去太辛苦，时间长了皮肤吃不消，温白牛每天只掏三百六十只饼，不多不少，这是他自定的术数，是按《易经》推演的，饼上的图像更彰显卦师特色。他的饼香，许是因为饼面撒了芝麻，有黑芝麻，有白芝麻，按太极鱼形图撒的。老卦师功夫高深，绘制逼真活现的太极图在他手上玩儿一般，只见他在案板摆好一个个圆饼坯，手撒芝麻，绕一下，再绕一下，一排饼面便出现清晰逼真的太极图，黑白分明，数一数，每个饼的黑白芝麻数不多不少；量一量，芝麻粒之间的间距分毫不差，堪称绝技。没有这功夫制出的饼，当初也不能凭咬吃一口而显卦象。

温白牛最风光时，是在抗美援朝时期。那时志愿军雄赳赳、气昂昂跨过鸭绿江，全国人民齐动员，捐款、捐物、备干粮、做布鞋。街道组织人炒面，蒸馒头，温白牛使出浑身解数，打破每天三百六十个饼的规矩,连天夹夜掏烧饼,支援前线一万只太极饼,手臂烤起好多血泡,受到街道隆重表彰。前方来信,夸赞这饼好吃。志愿军打了胜仗后,温白牛美滋滋地白话:这太极八卦图,助志愿军破阵杀敌,犹似诸葛武侯当年摆的八卦石阵。

"文革"开始,当过卦师的温白牛理当属"牛鬼蛇神"之列,逃不脱游街批斗,红卫兵翻出他的言论,联系到他的家谱,还扯出刘伯温《烧饼歌》的预言,他便惨了。城里有被批斗者剃"阴阳头"之风传到镇上,有人别出心裁给他剃了个"太极头",黑的毛发长长,白的头皮亮亮,弯弯的鱼形太极图案整天顶在他脑袋上,还得准时不误地掏烧饼。

这时期掏的烧饼不能用"封资修"的太极图案了,他便抓一把芝麻撒上,不分黑白,饼的味道变化不大,但少了特色。形势稍安定下来,饮食店的头头们开会讨论了几天,还是要创名牌,有特色,这时店名已改为"向阳食品店",便有人由此得灵感,烧饼的形状是圆的,可用芝麻撒成向日葵形状,以示"朵朵葵花向太阳",大家一致说好。温白牛哪敢说什么?让他撒满天星他便撒满天星,让他做向日葵他便琢磨向日葵,于是,展示一片忠心的向日葵式烧饼便问世了!那烧饼,吃起来似饼,看起来是艺术品,黑芝麻、白芝麻,撒播得有模有样,边上密密的有圈,中间匀匀的显格,黑白芝麻的配合展示成熟或待成熟的葵花籽,逼真、形象、漂亮!这烧饼便重新命名为"向阳饼"。

向阳饼的名气仍是那么大，不仅公社，连县里来了贵客，都派吉普车来专买这种饼。温白牛又没什么历史问题，解放前没田没地，镇上对运动初期冲击他也觉过意不去，推举他当了劳模，到县里参加了劳模大会，还有心培养他入党，当副经理，他摇摇头，称老啦！

他是老了，我离开小镇上大学前几年，他便退休不掏烧饼了，儿子子承父业顶替接班，继续掏烧饼。年轻人喜琢磨，图新潮，开发了荤的、素的、甜的、咸的，方的、圆的、长的、薄的、厚的各式各样的烧饼，生意更为红火。听人们赞扬他儿子有出息，在老子祖传绝技基础上更上层楼，掉了几只牙的温白牛嚼着儿子掏的烧饼，摇摇头，喃喃自语：悟性还是差些。

后来听说，温白牛晚年更出名了，偶尔重操旧业给人算上一卦，已不用烧饼，而是用蒲草，出奇的灵验。全国易经研究会要请他去参加学术讨论会，他不去。深居简出反而显出大师的神秘，许多人打老远赶来向他求教，他不接待，由翻了几本《易经》的儿子与其讨论，招待太极饼打发。

小温的烧饼炉早已另立门户，由于销量大，已经从一个炉子发展到三五个炉子，再后来，引进了机械流水线，批量生产，成了风靡远近的老字号品牌，发啦！他还风风光光到处参观、开会，人大代表、政协委员、国际易经研究会理事等名头一大串，谈起卦象来，理论高深、头头是道。有老伙计问温白牛，看来你老祖宗刘伯温的预言成真啦,这里确是你家兴旺的风水宝地,儿子甚至想恢复刘伯温的姓,温白牛抵死不同意,只好作罢。对老伙计的话,温白牛漫不经心地摇一摇头,"悟性差些"。是说儿子呢?还是说自己呢?没了下文。

神匠

民间多匠人，匠人的手艺满足人们吃、穿、住、用日常所需，手艺好的称巧匠，各种手艺之间的巧本无法比较高低上下，但刘三的手艺被众人公认为巧中之巧，被称为"神匠"。

刘三是专做"间（jiàn）房"的，"间"这个字音的读法不是中间的"间"，而是间苗的"间"，本意是指树苗密了，要"间"去一些，以让留下的苗长得更好。对于这字的读音，镇上小学生不是从语文老师那学的，而是从刘三的职业知晓的。较起真来，与间苗之"间"音同意思又不同，刘三的"间房"不是将房子拆去重新盖，其实是一种修缮。这修，又无须砖瓦砌墙，茅草补顶，而是在结构上扯平拉正，拨歪扳倾，变危房为安全的房子，以延长房子的寿命。"间"的学问在利用房架、围墙的空间构造，撬动扳直，这又与"离间"的"间"词义有些相似了。

过去镇上、农村老房子多，民国间的比比皆是，清乃至明的老宅也不罕见，那时并无保护古民居的概念，祖上传下的老宅子往往让拮据的后人头痛，屋漏可以补，墙塌可以换，补补修修几代人，梁柱、主墙的结构陈旧老化，蛀空腐朽，歪歪斜斜，大风暴雨时提心吊胆，拆去重盖在那时可不是一般家庭可承受的，刘三这种职业便应运而生。富裕的地方许是不知这职业，现在的年轻人恐怕知者更少，正如补锅、补碗这类当初司空见惯的手艺，早已成陈迹。

在我少年的记忆里，那时刘三的生意忙碌，吃香程度远超茅匠、木匠、瓦匠这类盖屋修房的大师傅，他还深受后者这类巧匠的由衷尊重，谁也不敢与他犯急眼。这危房巧改，许是比建房、修房更艰难吧，正像残局搏杀，更显高手功力一样，一般的棋手只得敬而服之了。

刘三间房，工具简单，队伍简单，工时神速。他的随身工具，仅一根长长的钢筋棍和一捆粗粗的绳子，顶多再加放几块小钢板的工具箱；队伍是不固定的，除了一个徒弟，其余都是临时召唤的，称"小工"，以区别他这"大工"。谁家的房子要"间"了，请来刘三，他肩上挎一捆绳圈，手握一根钢筋棍，后跟一个拴工具箱的徒弟，便来了。先顾不上主人的好烟好茶，在房子里东瞅瞅、西瞅瞅，又到房子外东转转、西转转，偶尔用手抠一块砖石灰，剥一块泥土团在手心揉碎，有时还用鼻子闻闻，用钢筋棍在墙、梁、柱上漫不经心地东敲敲、西敲敲，不说话。坐下喝茶、抽烟，聊家常似的问主人房屋是哪年建的，哪年修过，谁修的之类，张口开个价，一口价！主人思忖片刻，如同意了（似乎没有不同意的），他便拍拍身上的灰，留下工具，起身离去，丢下一句话：×号开工！

开工时，刘三穿着一件洗得发白的蓝咔叽布工人装，戴顶镇上少见的鸭舌帽，身后随一群小工，一般都是身强力壮、几无专长的农村小伙子，扛着数量不等的木头柱子，刘三胸有成竹地东指指、西点点，分派小伙子这里顶起一根柱子，那里撑起一根柱子，柱子下垫几块砖头，直到柱子顶住墙或梁柱。柱子有直顶的，有斜撑的，有在屋内顶的，有在屋外顶的，空旷的房屋，顿时东斜西插长短不一的柱子。墙也如此，遇有倾斜歪扭的山墙，他也满不在乎，顶撑三两根柱子，有时还用工具箱中的小钢板撑起补丁，像巧妇补一件衣服，整个空间，像玩大把戏地搭起舞台架子。

这时的刘三，并不参与，而是眯着眼慢悠悠地坐凳子喝茶、抽烟，与谁也不说话，也没人敢去打扰他，待等徒弟报告："师父，好了。"他深吸一口烟，烟屁股少去小半截，火烧烟纸哔啪的声响近旁人都可听到，然后，猛地将不管剩多少的烟屁股掷在地上，用脚使劲碾踩一下，转头随徒弟查看检验。

查看的刘三指挥徒弟和小工们，往垫柱子的砖头缝隙里揳木板、木屑，薄的厚的都有，每个小伙子负责一根或几根撑的柱子，他叮嘱揳几片木板、木屑，揳什么样的。小学校的老师说，他这是利用杠杆原理，四两拨千斤哩！待各个岗位完工，他将随身带的钢筋棍在某处一顶，懂行的人说，刘三的大本事就在选择这钢筋棍顶住的地方,这里是危房的薄弱处,校正的着力处。成功与否,全系于此。

做完这些,他解开绳团。那绳子,由黄麻与霸王草混编而成,已用多年,被汗水与手油磨得光亮亮的。他将绳子拴在某个部位,绕肩拽住绳子,那场面,像拔河,像拉纤,这时围来一群人看。只见刘三低沉地喊一声:"嗨呦!"有小伙子在墙边揳进最后一块木屑或木板,整个房子的结构犹如轮胎打了气,忽地伸展撑开。有时,盖上茅草或瓦的屋顶也隆起来,梁柱在移动中发出吱吱声响,老墙和屋顶扑哧哧往下掉着积灰。

咬着牙,满面憋红的刘三又"嗨呦,嗨呦"地喊,徒弟和小工们也"嗨呦,嗨呦"地附应,齐力拽拉绳子。刘三掌握着用力的方向,不时移动着脚步,一会儿左,一会儿右,用力的力道从肩膀暗示传递给徒弟和小工们,使之随他用力强,用力弱,把握用力的方位。梁柱动了,房顶动了,甚至墙也动了。刘三瞪大眼睛盯着这些变化,随时调整方向和力道,鸭舌帽早丢一边,汗水顺着头皮、额发、眉毛流到眼睛,也腾不出手去擦,眨一眨眼,弹出迸溅的汗水。顷刻间,歪房扶直了,斜梁扶正了,倾墙扶挺了。做完这一切,一般只需十几分钟,麻烦的仅有小半个钟头,简单的甚至短至三几分钟,貌似散架的柱梁墙结构,似被刘三注入了魔力,服从刘三的折腾。人们感觉极为神奇,对刘三的技艺更是带着感叹和佩服。

做完了这一切，刘三又坐在小板凳上喘气，徒弟和小工们收拾工具，挺直拽正的房子落下许多积灰、浮草、碎砖石瓦片，有时还有白白的蛀虫，半死的蜥蜴，死的老鼠，偶尔还有祖宗塞藏的房契、田契、旧钞之类，主人忙着散烟敬茶水，递过早定好的工钱。刘三接过来，蘸着唾沫点清，喊来徒弟和临时工，发钱。有墙要补修的，房梁要固定的，椽笆要换的，房顶要盖的，刘三细细交代主人明天请一两个木匠或茅匠收拾扫尾，交代完端起碗，将主人续的茶一饮而尽，接过递的香烟，也不点火，夹在耳朵根，扬长而去。钢筋棍、绳子、工具箱等由徒弟和小工们带回去了，他先要去温白牛家吃太极饼，对吹几两老烧，与那位神仙白话白话。主人和围观的人啧啧直叹：乖乖，刘三这钱挣得太快啦！可又一想，你去试试？

多少年后，我曾与一位家乡来的人谈到刘三，以及他神话般的手艺，来人黯然地说，刘三死了，死于间房。他承办"间"一处清光绪年间修建的老宅子，墙已隆起大包，梁柱蛀空多处，整个房子倾斜得像比萨斜塔，都说该拆了，刘三试着说可"间"。那天他将平生所学十八般武艺都用完了，宝葫芦里的宝都试了，眼看房子"间"正了，墙也"间"平了，谁知人们还没来得及欢呼，刷地房倒屋塌，将刘三和他的徒弟及部分小工都拍进老屋子里。事后看那大梁，光滑的表面内里都被蛀虫掏吃得像团豆腐渣，有只大蛀虫，白白胖胖，足有二两重，眼睛都发着绿光，有人说恐怕是光绪年间的，又有人说不会，光绪年才建的房，怕是宣统年的吧。唉！刘三也太逞能，大梁都这样了，还要去"间"！

来人还说，屋榻倒的前几天，人见成群结队的老鼠从屋里跑出来，黄鼠狼也携家带口跑了，连竹筒粗的大蟒蛇也爬走了，小镇人相信每家都有镇宅的家蛇，不伤人，发现也不捉打，家蛇出奔，宅破家亡。

在医院被抢救的奄奄一息的刘三，留给这个世界的最后一句话："唉，我太逞能啦，注定要塌的老屋子，怎么能'间'呢？医病医不好命，救危救不了朽啊！"

刘三的徒弟没有继承刘三的职业，这个职业已绝迹了，遍布城乡热火朝天的建设工地中，到处都是大大的石灰白字"拆"字，哪还需要刘三这种职业呢？刘三的神匠之名只能是绝唱了。

老包钱

小镇宽裕人家少，有闲钱压箱底、存信用社的人更少，遇有急事，左邻右舍告急也难，只有硬着头皮去借"老包钱"。

所谓"老包钱"，借主是个被称为老包的孤寡老人，肥头大耳，鼻梁宽宽，两道黑黑粗眉，更为显眼的是额头长个大肉瘤，瘤上还生一撮小细毛，似乎从没看到他笑过，也没看到他怒过、气过、哭过，神情几十年一贯制，木木的，小孩子觉得他很凶，大人们觉得他很"走"，都不搭理他，他也很少搭理别人。老包放高利贷已有几代人了，自称祖上是开封府的包青天，不知何时因何原因流落此地，不事稼穑，不会诸艺，以放债为生。人们私下议论做这事缺德，你看，几代造了孽，到老包这代算是绝了，当初威风凛凛的开封府包大人额上那月牙痕，也演变成废肉一堆的大肉瘤，威风尽失矣。

老包借钱与众不同，不直接借钱，而是借"钱母子"，这钱母即银元，老包的银元又与其他人的不同，一色的袁大头，上面刻有大大的"包"字，还编了号。知底人说，老包的钱母足足有八十块，放在一个元鞑子时烧制的瓦罐内，他每天晚上凑在煤油灯下数着看，银元碰撞的悠扬声伴他度过夜晚。这些钱母已传三代，不添不减，被多手传递磨损得锃光发亮，听说最早是专制的大铜钱，后来人们认银不认铜，改成可流通的银元。谁人来借钱，老包如果同意了，借一块或几块钱母给他，债户用这钱母，可在镇上任何一家商铺抵押有定额的钞票，商铺可用这钱母与任何人结算，当然，供销社、粮站这些公家的生意除外，几经辗转，钱母又会流通到老包手中。小摊小贩乐意这硬通货，生意好时，摊铺积压几块钱母，走路腰杆都硬硬的。赌场上，赌徒更看重这钱母，面前放一块乃至几块钱母银元，那是可以做大东家的。从当年的大清纸钞、民国纸钞、解放钞，再到新版旧版人民币，老包钱母的信誉一直未倒。

老包钱的利息也高，是按天计算，且利滚利，驴打滚，不到不得已，人是不会借的。约定结息的时间到，老包会上门收息，收本的时间到，也会上门收本，大部分债户会计算准这一天，备齐钞票，待老包上门，客气地倒碗茶水，笑脸付完账，老包照例是不苟言笑，仔细地数数钱，小心地包在一块黑布中内，掖在腰中，扬长而去，也不告别。他讨债，从不进别人家门，在门口蹲着，顶多喝别人一碗水，连递来的小板凳都不坐，客气的债户说吃碗饭再走吧，他也不应。遇有到期还不起钱或难缠的债主，他仍是不言语，默默蹲在这家门口，不吃不喝，早出晚归，直到债户还钱为止。遇有霸道耍横的，仍不言语，蹲在那里，像个泥塑菩萨，扫帚扫到面前，稍让一让，扫帚一离开，又蹲回原地，仍是不言不语，天擦黑，拍拍灰走人；第二天一大早，债户一开门，又蹲在那里，软硬不吃，油盐不进，还钱为止。老包蹲在谁家门口，仿佛是一场哑剧，引得一帮小孩子围看，弄得那家面子上下不了台，骂骂咧咧，摔摔打打，也只得设法还钱。人也私下议论，老包要钱，耍的是鼻涕战术，不伤人，恶心也恶心死你，不说话的老包成为小镇谈之色变的一个厉害角色，也因此，老包借钱不需要抵押物，也不分贫富贵贱，借得出，要得来，似乎从没有过坏账。

有时想想奇怪，那年月，《白毛女》的戏剧、电影经常演放，杨白劳借钱丧命的故事引得人流泪愤怒，对靠印子钱为生的老包类剥削恨之入骨，怎么会一直容忍老包的存在？牛鬼蛇神、老资派、坏分子批斗了一茬又一茬，唯独没见批斗老包，也未见影响他放债、要债。他与任何人也不套近乎，不吃别人的，别人也吃不上他的，红白喜事从未见他去凑份子送贺礼，也从未见他有什么亲戚。他租住在一家后院的院内，除交房租，与房东也无多交道，一个人在那数钱、算账，自烧自吃，衣衫自洗，仿佛洞内的独鼠，谁也不知他的生活过得怎么样。

有一天，房东发现老包的门有三四天没开了，推门进屋，老包躺在床上，穿着整齐的送老衣，床前的小柜头放着装银元的瓦罐，里面尚有未发的二三十元钱母，旁边有个小本子，清清楚楚地记着外借的钱母，该收的利息、时间，还有他欠别人应结清的账，一清二楚。小本旁还有一行大大的粗字："何陈氏，纺线十二斤，折洋元三块（民国二十五年），要还！！！"

负责料理后事的街道民政干部按账本该收的收,该还的还,无一丝差错和纠纷。至于那个何陈氏,好不容易才打听出,是本镇何家的二媳妇,如今已是老太婆了,是地主的媳妇,因不当家,虽出身不好,也不是戴帽子的四类分子,人们习惯把她当成地主婆,镇上干部将她找来询问,垂头低眉的老太婆矢口否认,说自己从未借给过老包钱,或是什么线。

干部很认真,从镇上老人口中打听,得知老包父亲当年资本少,除借钱还办理存钱,像何陈氏这样在地主家不当家的小媳妇,平时发给自己花的钱也少,纺纺线,绣点东西,由老包父亲带出卖,换些零花钱,或贴补娘家,用不完的,也存在老包那里,生点利息。解放了,这些小媳妇怕别人说反攻倒算,也不敢认了,据说老包父亲主动去还了几笔,还被当时的农协找去谈过话。这何陈氏的钱,估计属这一类,时过境迁,这种糊涂账让老包父亲发了一笔,钱母子从三十元增添到五十元,弯弯绕只有与老包父亲相近的几位更老的人知晓,弄得这位很年轻的镇上民政干部琢磨半天也搞不明白,常规教育的阶级斗争理论之外,还有这些黑不黑白不白的拐拐弯弯。

老包早已为自己置办好十八头棺材,连烧的黄表纸、冥币都整齐地码在他的小黑屋内,办他的后事花不了多少钱,外放的债很快归拢来,因小镇代代相传认这个理:死人的钱是不能欠的!老包的遗产除那八十块钱母外,还有几十或小百十的利息,这在当时,算是不小的财产了!他又没有本家、亲戚,只有归公了。主持后事的镇上那位年轻干部尚仁义，不怕别人说搞"四旧"[3]，让扎灵的人为老包扎了个大大的纸灵，红砖瓦舍，曲廊亭阁，还配几个彩人，又经老人建议，逼真地剪了一堆"袁大头"，堆在灵屋内，在老包坟前，烧了。

装钱母的钱罐，也在坟前，摔了。八十块钱母，上交银行，银行说，刻了字，损坏了印面，请示上级看如何处理，后不知流落何方。现在想起来，那是很有收藏价值的文物哩！

---

3 "四旧"指旧道德、旧传统、旧风俗、旧习惯，"破四旧、立四新"是"文革"时时髦的革命口号，相对应立的"四新"指新道德、新传统、新风俗、新习惯。

板鼓佬

镇上有个白铁铺，主人人称"小蛮子"，专做用白铁皮焊壶的生意，他是南方人，口音为吴语，人称"蛮子"以与楚地侉音相区别，他来镇上晚，单门独户，说话又与人不一个调，始终因"外来户"的身份受人欺负。募捐，他出的钱多；开会，他随大流举手；红白喜事，随份子出大头，却坐不上主客座；连小孩子与别的孩子打架，不管有理没理，最后都是小蛮子赔礼道歉。时间长了，小蛮子一家只好默认低人一等，大人、小孩都知委曲求全，不与人理论。小蛮子成天在门口啪啪砸他的白铁皮，焊他那各式各样的壶，闲暇时，用棍子挑看蚂蚁抢食、打架。

看长了，他看出了名堂，还会调蚂蚁。街上常爬的是小黑蚂蚁，不像乡间草丛爬的大黑蚂蚁，三五个小黑蚂蚁也没大黑蚂蚁大。这小黑蚂蚁三两只，甚至独只在街面爬来爬去，很不起眼，路人踩到它，因身小也不会被踩死。唯有甘蔗皮渣、弃果皮、死苍蝇、死蜻蜓等方才围十几、数十蚂蚁搬、抬、运，看众蚂蚁费劲地滚、运这些东西，小蛮子嘴角露出了笑。不知哪天，他咂磨出了灵机，找一只死蜻蜓，用细树枝插上，放在一两只爬行的蚂蚁面前,只见这蚂蚁爬上爬下,闻闻嗅嗅,细细的触角动动的,试着推、拽,推拽不动,一只或两只便爬走了,似乎爬得急急的。不一会,奇迹出现了:一字长队的蚂蚁从不知哪个洞里爬出来,单只排列,齐齐整整,上百只,几百只,甚至上千只,排后的阵队里还有长透明白翅膀,比其他蚂蚁大几倍的"蚁后"。众蚂蚁爬到死蜻蜓前,黑乎乎爬满了,死蜻蜓移动了,连同插进的树枝,蠕动,蠕动,一直蠕动到蚂蚁洞口,有时洞口小,进不去,众蚂蚁又费一番周折,最后不知用什么办法,终于进去了。小蛮子调蚂蚁,引得孩子们来看,大人也来看,觉得神奇而惊叹。常有小孩子来求小蛮子调蚂蚁,他高兴了也应允。

镇上排演样板戏《智取威虎山》,算派角色时,有人想到他,让他饰演小炉匠,说他长得极像小炉匠,本身又是小炉匠,当年他就是挑着补锅、补碗的小炉匠摊子到镇上来的。小蛮子很高兴,还贡献了当年的小炉匠担子做道具,几场排下来,形象、动作确实像,一说词人就笑,可惜口音怎么也改不过来,普通话也说不准,咬着蛮腔,导演看朽木难雕,只好换人。小蛮子在那里打了几次杂,看谁也懒得理他,怏怏地回家了,继续砸白铁皮,调蚂蚁玩。听到小学校传来排练的锣鼓响,直愣神。孩子跑去看排练,他问一句:"干什么?""看排戏!哼……"甩下一句,跑了,长长的哼音充满对这位被开除队员的鄙视。

排练的小学校离小蛮子家不远,那边锣鼓响,唱音、对白,砸白铁皮的小蛮子听得清清楚楚，小蛮子歪着头砸一会儿，听一会儿，嘴上不时顺调哼哼，那时，八个样板戏大普及，剧情、道白、唱词大家都熟悉，谁都可伴着收音机唱几段，对上几段话。京剧锣鼓很热闹，比玩花灯、旱船那千篇一律循环的"咚咚咚咚锵"要复杂多了，更是办喜事、开大会的"一二三四五六七"反复循环的锣鼓点无法比的。小蛮子倾耳听，习惯性地随着锣鼓点挥着小锤子砸，"大——大——才——才——锵！""锵锵——锵锵——锵！"越来越跟上锣鼓的节奏。

戏班子的伴奏分文场、武场，文场为琴弦，武场为锣鼓，指挥的是板鼓，无论金钹铜锣大鼓多响，那棒敲板鼓的声音总是凸显出来，如急雨雨点，如马蹄声碎，如爆豆炸锅，忽急忽缓，忽快忽慢，满场的气氛随着板鼓的击点调动。戏台的板鼓佬总是那么神采飞扬，他目视一切，或疾疾敲着板鼓，或抬手向文场、武场的人拨一下敲棒，戏台上的演员都看他的手势动作。他不仅关注伴锣鼓点节奏的动作，还要听丝弦琴的音调唱，板鼓佬是中心中的中心，权威中的权威。

小蛮子先跟着锣鼓点砸，咂磨出味道随板鼓节奏砸，有时铁皮不需砸了，板鼓点未停，他还在砸；有时板鼓点太快，小铁锤节奏跟不上趟，他急得直冒汗，好几次砸到了手。晚上随排练的练，白天拧开收音机，随收音机练，不知练了多少天，小蛮子已基本熟悉八个样板戏的板鼓点，他砸得越来越有节奏，越来越有章法，越来越熟练，家里和附近的人议论，小蛮子的砸铁皮声音怎么越来越像样板戏？

他也常去看戏班子排练，不看演员，不看文武场的其他人，大多时候专盯板鼓佬，看他的一招一式，又悄悄从附近小竹园中寻摸两根竹根，找出家藏的当年从一个和尚手中，用一把白铁皮水壶换的一块木鱼，晚上在那"大大大大大……大大——大大——锵"地敲击，学着板鼓佬的架势，指挥棒调动无人的文武场。媳妇开始烦，骂他"神经病"，后来习惯了，孩子们倒很高兴，看他爸爸手舞足蹈地敲木鱼，觉得是大乐趣。这样，小蛮子白天挥小锤练，晚上敲木鱼练，敲得越来越像模像样了，简直可说是出神入化。

有个晚上，那声音吸引了文化站长。他顺声音寻来，看小蛮子正在兴致勃勃地练，一阵惊喜，便点名叫小蛮子敲几段，站长听了连连点头，紧握住小蛮子的手，口中喃喃地说："人才啊，人才！师傅，到戏班子来吧。"小蛮子觉得是不是听错了，知道站长说的是真话后，手足无措不知说什么。原来，业余的戏班子演员好找，文武场找人练练也不难，最难得的是板鼓佬，这不是捶捶大鼓那么简单，而是要调动指挥全场，手快眼快谱子还要记得熟，板鼓点一错，全场皆乱。培养一个板鼓佬十分不容易，文化站物色了几个人去练，都不满意，每次演出只好由站长亲自上阵，他常为此事发愁，没想到今天得来全不费工夫。他让小蛮子明天报到，并叮嘱带上那块木鱼。

第二天，小蛮子衣貌周正地来到戏班子，听完站长的介绍，大家很吃惊，只见小蛮子放好木鱼，握紧竹根棒，胳膊伸张一下做个准备工作，"大大大大大大大……"，如急雨点一般双棒已敲在木鱼上，一下将大家都震住了，他连谱也不需要，娴熟地，旁若无人地用鼓点指挥着，那架势，那声音，只有收音机播放的中央的样板团才有。于是，一个优秀的板鼓佬诞生了！小镇剧团的板鼓成了全县、全地区的名牌，看戏的人，记不得哪位主角，却记得这个板鼓佬，还说板鼓佬敲得好，那块木鱼板鼓得也难得。

那一年，公社剧团参加省里农民会演，获得了第一名，别的剧团不服气，对小蛮子的身份产生怀疑，举报他可能是专业剧团混进来的。来调查时，省城的大舞台正在制作安装一场大戏的布景，小蛮子抄起家伙，叮叮当当砸起了白铁皮，不一会儿，像小孩玩泥巴团似的，一把白铁皮烧水壶的坯形便展现出来，看得人眼花缭乱，组织者方才认定他工农兵的身份。以后，剧团每次去上面调演、会演，总忘不了让小蛮子精制几把白铁皮烧水壶带上，送给说话有分量的评委，那是人家指名要的。

兽医关老西

镇上卫生院医人的医生有七八个,整个镇兽医仅有一个,大号关老西,生意还吃不饱,主要在农村医牛医猪,时间久了,还有些声名,关老西自然飘飘然起来。

生意做大的关老西租了几间门面,有模有样地用土坯砌几个药柜,摆满花花绿绿的兽用药,还雇了个漂漂亮亮的小丫头照看药房,自己拎着小药箱大部分时间在农村跑,正儿八经地开处方让顾客上门拿药,另挣了一份出诊费。有些农民觉得比过去贵了,有异议,但不找他又找谁呢?唯此一家,别无分店,何况他还是远近闻名的神手兽医。其实摆的药大部分供看用不着,关老西治猪病牛病大部分是打针、灌肠、药虫这几手。

关老西最拿手的是阉猪阉狗,阉猪主要阉公猪,阉狗主要阉母狗。这活看样子简单,做精不易。关老西阉割的刀口小,缝口密,阉得净,很少有失手的、发炎的。关老西也为此自吹自擂:嘀,咱祖上关公爷耍大刀,我这是舞小刀,虽没老祖宗威风,也是家技延传!知他是擅用大刀的关公后代,大家开玩笑多了话题。也有人将骚情的公猪拉到关家兽医店门口,引得一群半大孩子围观、起哄，看关老西露天地操作，那个兽药店的小丫头也瞟着眼瞅，看关老西麻利地挤出公猪睾丸，看得脸红红的。母狗牵不出来，要待关老西上门，还得请几个人追逐捉拿，捆得紧紧的，方才动得了手术。

　　学大寨，割资本主义尾巴，喂猪的少了，为节省粮食，喂狗的更少了，特别是招蜂惹蝶的母狗，更是少有人喂养，又加上生产大队一般都配备了兽医员，关老西的生意有些萧条。关老西不知从哪里引进了阉割公鸡的办法。村里人喂鸡，一般春天孵上一二窝，除去生病死的，黄鼠狼叼的，老鹰抓的，莫名其妙丢的，剩下七八十几只。临春末初夏，绒毛换成羽毛，童子公鸡会扯嗓子叫了，农家一般会杀公鸡留母鸡，因公鸡不下蛋，还费食，喂一年也长不了多少肉，算起来不划算，有的家留下一只公鸡头，延续鸡种后代用，节俭的家连这都省了，孵小鸡找有公鸡的家换鸡蛋。拯救童子鸡的任务落在关老西身上，他先示范、后动员，对公鸡实行阉割，阉割的方法是轻轻一刀，取出公鸡的腰子，即类似人的肾，公鸡照常长，却失去了那方面的功能，能长五六斤重，高高大大，鹤立鸡群，老公鸡肉香，营养足，能卖上好价钱。精明的农村人算起来，喂这阉割的公鸡比喂下蛋母鸡还划算，便不宰杀童子鸡了，让关老西阉割。关老西收费便宜，只要五角钱，但要带走那副公鸡腰子。幸福的关老西几乎天天小锅灶有香香的炒腰子味，在那油水不足的年代，令人馋羡不已。经常吃鸡腰子的关老西气血更旺了，脖子板得更直了，走起路来撞地噔噔的。

镇上普通人并不看得上鸡腰子，猪腰子可炒腰花，加猪脑子炖腰脑汤，鸡腰子这么小，除包臊腥的尿泡那一块肉，便没了多少。可懂行的医生看中它，说其营养价值比猪腰子好许多，有医生找上门来，套近乎想从关老西手中搞一点，补补肾，关老西来了劲，大都拒绝，倒不是同行是冤家，他与医生只称得上半同行，他主要看不惯医生在他面前的趾高气扬，高其一等。反正身体好，少生病，伤风感冒自己搞点药也能治，不求医生，关老西好不容易吃上鸡腰子，终于高了医生一等，铆足了劲吃，弄得医生恨恨的。

关老西本来可以让这幸福生活一直过下去，可他偏不安分，由于老是有兽医比起人医来低了一等的思想作怪，又仗着吃鸡腰子的优越感，关老西底气大增，偶尔横抬一竿子给病人指点指点，兴起时也开个小处方。这侵犯了人医的处方权，他们集体向公社提出抗议，公社宣教委员找关老西认真谈了一次话，让他写了保证书，从此他再不敢随便指点医人的活了。

这天，兽医房的小丫头乡下来了个亲戚，是个女的，悲兮兮地抹眼泪，一问，因生了两胎女孩，被强行上了环，婆婆打，丈夫也骂，骂她是不会下蛋的母鸡，受不了委屈便跑到小丫头这里诉苦。女人和小丫头嘀嘀咕咕半天，问关老西，能不能将环拿掉。关老西一怔："这，犯法的！再说，我是兽医呀！"

"你都会阉猪阉鸡，还不会取环吗？"女人说。

"师傅，救救她吧，求你啦。"小丫头也嗲嗲地说。

关老西的胆气陡生，再说，那小丫头娇滴滴地恳求自己，也不能美人求助英雄不救呀！关老西挽挽袖子，取出一套没用的阉猪阉鸡的工具，认真消了毒，在小丫头的帮助下，将女人按在床上，脱衣操作，本来人和兽的生理结构差不多，上环、放环结扎也不过培训几天便可干，这对已有多年兽医经验的关老西来说，是什么事呢？他顺顺当当迈出了第一步。

这事湿手容易，收手难，取环怀孕生了孩子的女人忍不住私下给他传了名，悄悄来找关老西的人多了，或碍不了情面，想逞能，或手上了瘾，像当年阉割第一只公鸡一样，私下取环成了兽医关老西的一项兼职。公社当年计划生育指标全县垫底，弄得公社书记的脸黑黑的，公社计生部门想来想去，一时找不出原因，为此还开除了那位上环技术不过关的计生站工作人员。

关老西多了项兼职，财大气粗了，鸡腰子又壮了他的精气神，自然思起了淫欲，成天围在他身边转来转去的漂亮小丫头许是感激他的相助之情，不知哪一天，两人上了手，兽医关老西又大了意，将小丫头的肚子搞大了。悄悄开的药也吃了，蹦、跳、扎，喝巴豆汤，吃蒸丝瓜，能想的土办法都用了，小丫头的肚子吹气似的一天大似一天，为此小丫头成天哭哭啼啼让关老西想办法，阉了半辈子牲畜的关老西一筹莫展，悔恨怎么早没将自己给阉了。

私下取个环他可以,从肚子里取出孩子他确实没这能耐和胆量,思来想去只好去求人,他深知:公社卫生院的医生被他得罪光了,去找谁呢?他想到刚分来不久的一位大学生,见面对他笑眯眯的,时不时还来他的小兽医站与他和小丫头搭搭讪,拣筷子还尝过他的炒鸡腰子,便拉下老脸,带上凑出的几副鸡腰子去求这大学生。

谁知这大学生偶尔去兽医站凑,并不是近乎关老西,而是漂亮小丫头吸引的他,他与视关老西为公敌的其他医生并无区别,看一个兽医,天天吃鸡腰子,走路头昂昂的,还放出有鸡腰子也不给医生吃的大话,早就心里来气了。又闻听这兽医竟睡了天仙般的小丫头,气上加恨,不客气地吃了鸡腰子,又不客气地将这事反映了上去。

本来私下里刮个孩子不新奇,但这事摆上台面在那时可是大事情。公社组织人先审小丫头,小丫头经不起审问,不仅一五一十倒了她与关老西的私情,还绕来绕去说出了私下取环的事,这事便闹大啦!那么多育龄妇女掉环的因由便这样水落石出。

关老西被五花大绑绑走了,以"破坏计划生育"罪判刑十几年,镇上人恨恨感叹:"这关老西,找死!""祖宗也保不了他,关老爷也有这种子孙?"还有人说:"缺德呀,阉了那么多牲口,现世现报!"

鸡还是有人阉的,兽医站又开张了,新来的兽医和气多了,鸡腰子不再独享,与医生的关系处理得也不错,那小丫头呢?不知去了哪里。

麦芽糖

拔糖的老头也姓唐,是个驼子,人称"唐驼子",他拔的是麦芽糖。大麦焐发了芽,在锅里熬,熬成糖稀,然后在木桩上拔,拔成了糖。粘劲特大的糖捏成条状,用刀切,便成了糖瓜子。在小镇长大的孩子都有吃糖瓜子的记忆,五分钱一块,特粘、特甜、特香,唯一不好的是,吃过了糖瓜子,牙齿粘的糖剔除难,干脆用手揉揉,集中起来,学镶金牙的,成了镶的黄黄的糖牙齿,甜香的余味能回味大半天。

糖稀在没拔前,掺进爆米花便成米花糖,掺进花生便成花生糖。神奇的是糖稀在锅里黑黑的,在木桩上拔,越拔越黄澄,黄得晶亮,还泛着白条,视觉效果也好,小孩子喜欢围看唐驼子拔糖,看到"三寸丁树皮"似的唐驼子卷着袖子,苍白的手握住糖团拉来拉去,拉长又送短,送短又拉长,糖的颜色由黑渐变黄,由暗渐变亮,香味弥漫唐驼子的小黑屋,孩子们都觉得唐驼子简直在玩魔术。唐驼子这时满头大汗,昏黄泛白仁的半瞎眼睛似乎放出异彩,炯炯出神,汗顾不上擦,他将拔好的一大坨糖放在案板上,直喘气,马不停蹄将糖团揉搓成条,不时撒些炒面,快刀"啪啪"在案板上有节奏地剁着,一个个大小相等的糖便挨着有规则地摆放出来。孩子们掏出早已备好的零钱，换取糖瓜子，迫不及待享用这刚出锅的香甜。没钱的孩子往往也会获得唐驼子的奖赏，条糖切到头的剩节便是他们观赏的回报。

熬这种糖需要大麦芽，不是小麦，小麦芽也可熬，但甜头、香味都要差，唐驼子始终坚持用大麦。过去农村种大麦的多，因大麦产量低，出面少，吃起来粗糙，种大麦专为熬糖。逢年过节，自给自足的农户人家将收获的大麦发了芽，请一个制糖的师傅，熬上一锅糖，制成糖棒子、糖瓜子、糖豆子，还有花生糖之类，以供家用，买彩色纸包裹的小糖是解放后的事了，即使小糖供应充裕，哪怕上海知青带来了"大白兔"奶糖，不少人还是喜爱这土制的糖。不过种大麦的越来越少了，大都用小麦代替，那味便差远了。懂行的老人，既佩服唐驼子坚持用大麦熬糖的操守，也好奇他从哪弄来源源不断的货源。

唐驼子一辈子没结过婚，也没看到有什么亲戚、本家，往来的只有数十里之外农村的一位拜把兄弟，巧的是拜把兄弟正是姓麦，他们互称"唐大哥""麦老弟"。唐驼子也是从农村搬上来的，与麦老弟原同在一个村,据说两人光屁股一起玩长大。有年夏天，两人放牛割草热了，下河洗澡，上面冲过一个大浪将麦老弟卷了去，唐驼子奋力去救起了他，上岸两人插草为盟拜了把兄弟。成人后的麦老弟越长越强壮，唐驼子却像老头树越长越佝偻，渐渐还成了驼子，看他下地劳动艰难，父母便将他送给拔糖的师傅当徒弟，驼子因此学会了手艺。后来父母去世了，唐驼子便住在已结婚的麦老弟家，两人比亲兄弟还亲。

时间长了，把弟媳有些眼色，唐驼子便动了搬到街上的念头，麦老弟起初并不情愿，几番商量，也赞同了。两人约定，兄弟情谊，生生死死。唐驼子在街上拔糖，麦老弟在乡下种田负责提供原料大麦。

麦老弟家是个有十几亩地的自耕农，家人怎么反对，他都要种上三两亩大麦，给把兄弟的糖作坊提供原料。互助社、初级社、高级社，无论上级怎么动员，他都留下三两亩地种大麦，为此，没少挨批判。到了人民公社，田地保不住了，他只好在一亩多的自留地里种，担心面积少，连几分的蔬菜地也种上了；还嫌少，又用祖辈留下的老宅基地，与一位邻居调换了块地，规规整整地整出一块方块地，种下大麦。每到夏季，大麦先开花，长长的大麦芒在种满小麦的田野垂挂，成了一道独特的风景。

后来，跑步进入共产主义，人民公社由生产队核算，到大队核算，并酝酿公社核算，自留地减少了，菜地也减少了，那块已置换的老宅基地按政策规定也不属于麦家，大麦地由平齐的长方形变成了不足一亩的不规则形，麦老弟犯了难。

麦老弟是个种田的老把式，在生产队威信也高，生产队长也同情他难得对把兄弟有这份心意，引导队委会讨论种上五亩大麦，春节让全队社员吃上麦芽糖！大麦收割后，卖了一半给唐驼子，留了一半，春节时请唐驼子来为生产队熬了几大锅糖。不料，被人反映上去，队长因瞒产私分被撤了职，追究起来，麦老弟也受到批判。

受批判倒没什么，唐大哥的原料怎么办，麦老弟动起了脑筋：仅剩的自留地、菜地种上，门前打麦纳凉的场地也种上，连房顶也打上了主意，厚厚的茅草屋顶撒上土，也种上；门前的水田田埂，贴过埂后，生产队划分各户，可以种点蚕豆、向日葵之类的作物，但麦老弟还种上大麦。仍不够，他发现瓦窑场有些残次盆罐，没人要，麦老弟用架子车拉回来，一个个填上土，种上三五粒大麦，长出小苗后，摆放在房屋背后的荒山上。夏天到了，麦老弟的门前屋后，田埂房顶到处都是长长芒针的大麦，山坡上，摆满的盆盆罐罐也是。没占生产队的耕地，乡里乡亲也理解，他这大麦花圃就这样存在下来。有年外地驻村的知识分子干部看到此情此景，惊叹不已，用带来的相机啪啪啪拍个不停，其中一幅照片，还获得了省级摄影作品一等奖，题目为《种大麦的人》。

这些，唐驼子并不知情，看麦老弟准时用架子车拉来大麦，忙帮卸货，照例备好酒菜，老弟兄面对面各端一杯温热的酒，一饮而尽，驼子挟一块大鸡腿送老弟碗里，看着兄弟费劲地撕啃着，忽然见兄弟的鬓上有了斑斑白发，心疼地说："老弟，你也有白头发啦？"

"唔,哥,你也老相多啦!"

两人再默默喝酒、吃菜,完了,哥送弟走,一直送到集镇外的石板桥过去,唐驼子看麦老弟拉着架子车消失在暮色苍茫中,转身回去给大麦发芽。

第二天,糖味又从唐驼子的里屋弥漫开来,人们吸鼻子闻一闻:唔,不愧是用正宗大麦芽熬的。

铁棺材

熊铁匠的手艺世代祖传，连镇上最老的老人都不知传有多少代了，因之人们不称他的名号，只叫他"老铁"。老铁敲打出的铁货四乡闻名，特别是割麦、割稻用的镰刀头，锋利耐久，磨一次用半天，不用歇脚，碰到石砾硬货，也不卷刃，在磨刀石上稍荡几下，刀锋泛着青色，映对阳光，幽蓝闪闪，用大拇指去试，刷刷掉下一层老茧皮。这烙有"熊"字招牌的镰刀成为远近闻名的名牌，镇上组织铁木社时，不管怎么动员，熊家也不愿参加，他仗着自己的独特优质产品，一直在走他的单干独木桥。人都知，镰刀锋利耐用，靠的是刀口钢火，镰刀是用铁打的，刀口需用钢，熊氏铁铺主要有祖传好钢。

这钢有磨盘大的三大坨，放在他供祖宗牌位的公案旁，同等享受熊家逢年过节供奉祖宗的香火，隔不多久，老铁用他自称金刚钻的钻子从钢块剥下些皮屑，熔化成钢水，镶涂在镰刀刀口上，形成熊氏镰刀特殊的品质。锹、锄，甚至菜刀等，他是舍不得用的，镇上屠夫再三请求，出高价，请他打一把屠宰的大砍刀，他都未答应。至于这三大坨钢锭的来历，有人说，老铁祖太爷曾参加过"长毛"，在忠王李秀成手下打造刀械，当时洋人在长江口沉没过一艘军舰，打捞舰体的钢熔成几大坨，使老铁的祖太爷打造的大刀极其锋利，忠王专门组建了一支用此大刀的大刀队，立下赫赫战功。后南京城陷落，战胜的湘军和战败的散落太平军都只顾抢天京珠宝金银，老铁祖太爷雇只船，带上这几大坨钢顺江漂流，几经辗转，来到此地。有人说不止，还更早，可追溯到越王勾践时。毕竟都为猜测，人们探过老铁口风，他闭口不语，许是他也弄不清楚，只知这是祖传好钢，留给后代吃饭的家伙，他还会一直传下去。

可惜到老铁这一代眼看要断子嗣了，五朵金花没有儿子，老铁为此经常唉声叹气。更可气的是大女竟随不务正业的那个郝八哥跑了，老婆为此又羞又气，很快病故，老铁的家境渐渐浮出衰景来。二女、三女早早嫁了，嫁得远远的，家境都不好，很少回来。四女子命本不错，嫁给本地乡村一个小学教员，生头胎却难产死了。老铁的希望都寄托在五女身上，五女比几个姐姐长得都秀气，读书也好，老铁破天荒地送五女上小学，小学毕业上初中，初中毕业上高中，并早早收了个孤儿徒弟，这徒弟是精挑细选的，人实诚，有力气，模样也周正，谁都看出他的心思，老铁是当作上门女婿调理，期盼徒弟承续他家香火的。

却不料闺女越大越漂亮，书也越读越好，招生制度改革了，闺女考进了省城的大学，老铁高兴归高兴，动了多年的心思明知泡了汤，这心思与闺女和小徒弟又从未点破，闺女嘻嘻哈哈装着不知，徒弟心中有数又说不出口，这事算熄火了。闺女考上大学的第二年，徒弟报名参军了，临走时，恭恭敬敬向师傅磕了三个响头，喊声"干爸"，弄得老铁老泪纵横。

老铁老了，又没了帮手，铁匠炉关了张。弃了祖业的老铁摆了个钉鞋掌的小摊，有精湛的铁匠手艺垫底，他干这活小菜一碟。一时间，小镇人都到他这钉鞋掌，旧鞋也钉，新鞋也钉，生意虽小，却旺，维持温饱不成问题。铁木社看来了机会，主任亲自上门谈购那几坨钢，老铁一口回绝，动员他的老相知上门劝说，道理说了一大堆，价码上抬了又抬，老铁只是摇头。

"老铁，你留那几坨废铁干什么呢？"不语。

"老铁，你要将它带到棺材去吗？"不语。

"爸，卖了吧，你钉鞋掌供我上学，我也不忍，卖了那铁，给我交学费吧。"不回信。

"干爸，你也老了，卖了铁改善改善生活，你身体好，干儿子也放心。"不回信。

二女、三女带孩子来劝："铁匠铺也不开了，镰刀也不打了，铁卖了吧，你该不会怕我们分吧，你老放心，我们一分钱不要。"仍不理。

连不久刚续上关系的大女也回来了，也劝，满口莲花的女婿郝八哥，摇动三寸不烂之舌，也没说动他。

"这老头……！"

"嗨，这老头……！"

人们不解地摇头直叹气。老铁一天天更老了。

有一天，老铁突然割肉杀鸡，从本乡外地请来几位铁匠伙伴，紧闭门户，升起炉火，拉开风箱，人们感到奇怪，扒门缝去瞅，看几个铁匠师傅正在忙乎，老铁也满头汗水，指指点点，抡锤敲打，不知在干些什么，铁匠炉的敲击声在小镇响起好几天，人们已久违了。

响声停止，大门打开，请来的师傅离去，人们拥进铁匠铺，正中停放一口锃亮的棺材，手一摸，铁的！

那是一口铁棺材。

老铁笑眯眯地看人们观、摸，听人们各式各样的议论，不语，人瘦了一大截，更老了。

丽华牌牙膏

与大多数农村人不同，打小记事起，镇上人使用牙刷刷牙了，节俭的老年人还保持用青盐而不用牙膏的习惯，大多数人用八分钱一袋的牙粉，年轻人和稍殷实点的人家用牙膏。供销社长年供应的牙膏品种较单调，基本是一角三分一管的"黑猫"牌和一角九分一管的"向阳"牌，偶有少量上海产的"中华"牌和"丽华"牌，摆货架几天便没了，货少被镇上的上层人士购去，人也见怪不怨，因为贵也用不起。唯有老戴常常抱怨发牢骚，缺货时还与供销社的人瞎嚷嚷，后来，供销社专门给老戴留货，老戴专用"丽华"牌牙膏。

老戴并不属镇上上层人士，摆了个修自行车和钟表的摊子，那年代，自行车没几辆，戴手表的人也不多，主要生意是修小学校和机关的报时钟。老戴家中孩子多，住房又是租的，生活过得较清贫，却专用价格昂贵的牙膏，是镇上一大怪。其缘由，老戴也不避讳，本来他嘴就敞，称原来的妻子叫张丽华，后失散了，两人感情深，为怀念她专用"丽华"牌牙膏。他绘声绘色描述张丽华的漂亮出众，超拔脱群，说到动情处，两眼红红的，听的人都为他的重情而感动。他说起张丽华，也不回避胖胖、笑笑的现在妻子，有心人担心他妻子恼，瞟瞟看眼色，他妻子嘴一撇，似乎鼻孔喷出微微的不屑，并无其他表情，大约听多了，不在乎。镇上人从此都有想象中的"张丽华"这个好女人，还有想象中的老戴与她凄怨哀婉的故事。故事的细节老戴不说，只知在淮海战役中失散的，老戴原是国民党兵，战场起义成解放军战士，故有光荣的荣誉退伍军人证，用镜框高高挂在他的修车、钟表铺。

退伍军人是有地位的，可老戴是解放战士，这地位不牢，想红也难，但也不会黑。老戴识趣，尽管嗓门大，脾气暴，但除了冲老婆、孩子发发火，与街坊邻居相处倒息事宁人。他还热心参与街道组织的公益活动，开大会，有演出，他负责调理汽灯；公社宣传队外出演出，他也义务随去服务，大概算专门的灯光师吧，这也是本公社宣传队的独特奢华之处。宣传队的少男少女也很喜欢他，演出时，老戴攀上爬下，为灯加油充气，忙得不亦乐乎。他调的汽灯从不误事，刮风时也从未耽搁演出。他又高声大嗓，会说笑，给大家带来热闹。青春期萌动的宣传队员偏还爱打听他与张丽华的故事，他显山不露水地透出一两点，让大家充满遐想。他不小气，带的香烟随便人抽，修汽灯常贴钱贴功夫，唯独专用的"丽华"牌牙膏不给别人用，日久知性，大家也不在这方面惹他生气了。

文化大革命进入清理阶级队伍阶段，上下外调揪出一个个隐藏极深的反革命、坏分子，成果辉煌。镇上核心组仔细分析还有遗漏的没有,有人提出个疑问:老戴是解放过来的兵,原在国民党那边只是一个兵,他专用"丽华"牌牙膏,说是思念淮海战役中失散的夫人张丽华,哪有一个大头兵带夫人去打仗的?何况他说的张丽华又那么有气质,也不像个苦出身的农村或小市民丫头呀?这一说,大家突然醒悟过来了,觉得老戴疑点很多,说不定是条大鱼。人们还联想到他会修车、修钟表、修汽灯,连公社电话室、广播站的机器坏了,有时都请他来捣鼓捣鼓,他或许会修电台,用电台也说不定,弄不好还是个潜伏特务哩!核心组组长听大家议得有理,当即做出决定:审查、外调老戴,再搜搜他家有无电台。

在老戴家掘地三尺,电台没有搜出,可将老戴关起审查了。一个多月的审问没有战果,无论怎样讯问,老戴一口咬定:自己当时就是被抓壮丁来的国民党士兵,不信到他原住地去调查,部队番号,证明人清清楚楚,起义时解放军甄别、接洽的人员,证件明明白白,不信再去问!张丽华怎么啦?她是自己在路上救起的,感情深,她随部队走,部队走到哪,她跟到哪,给自己洗衣、送饭。漂亮、有气质又怎么啦?贫下中农的女儿就不能漂亮、有气质?这种想法是思想有问题!《白毛女》中的喜儿谁能比得上?地主家有吗?不然也不会让黄世仁产生非分之想。好家伙,不愧是见过大世面的,"这兵痞子,难缠!"几个审问不出头绪的人直摇头,他又是堂堂的荣退军人,没证据弄不好还惹麻烦。核心组又研究,内紧外松,先将他放了,抓紧外调,去见老戴提供的证明人,一一当面问询。

那边组织紧张的外调，这边放出的老戴继续他的修车、修钟表生意，他仍是高声大嗓，有时多了骂骂咧咧，仍是坚持用"丽华"牌牙膏，有时他贤惠的妻子劝说一句，他脖子一梗，"怕什么，我就用！"

外调的几乎跑遍了大半个中国，找到了老戴提供的数个当事人，回来汇报后没了踪影，也没再找老戴谈话，谁也不知调查个什么结果来，人们私下嘀咕，老戴也不会没事找事去追问，这件事似乎过去了，老戴继续专用他的"丽华"牌牙膏，人们继续津津有味地回味他与张丽华的故事。

好多年后，有人问一个参与外调的人，老戴和张丽华的事到底怎么回事，这人扑哧一笑，"扯个淡！老戴是单相思！"据调查一个当初与老戴同伍的人说："张丽华实有其人，上海大户人家出身，风华绝代，女中西施，是老戴当国民党兵时的团长太太，这团长是个大学生。老戴有一段时间，抽去为团长当勤务兵，也侍候太太，当时还是十八九岁小伙子的老戴被这团长太太搞晕了，单相思得近乎发狂。碾庄战役时，一发炮弹落在团部，团长和太太都归天了，老戴和他这位同伍就是这时投降解放军的，攻进碾庄后，老戴特地去夷为平地的团长太太住处扒拉寻看，别的什么也没寻到，只找到一管用了一半的'丽华'牌牙膏，老戴说：这是团长太太张丽华平时用的，她专用这品牌牙膏……"

原来如此！揭开谜底大家反而觉得索然无味，相互约定：这秘密永远保持下去，特别不要当面给老戴揭穿，继续让小镇的人们向往那个叫张丽华的女人，回味她与老戴的爱情故事。

老戴一直坚持专用"丽华"牌牙膏，直至临终。

通"灵"者

在我们这片土地上，凡有人群居的地方，总少不了有自称通灵的人，小镇也不例外。记得通常至少有两个人，一男一女，女的称仙姑，男的称神汉。女的不固定，神仙附体三年五年要自动换人，固定不换的是神汉吴天师。

吴天师这个神汉与我们时常在影视作品中看到的神汉不同，他不作法，不降魔，更没有那画阴阳画的道袍和降妖伏怪的摇铃、宝剑，而是平常人的装束，唯一与普通道士相同的是也会画符。他的生意主要是两项：送汤气和扎灵卖，春节时，也用黄纸朱砂画些奇形文字的符，掺杂在对联、年画中卖。

"送汤气"是沿淮地区民间的迷信习俗，小孩子病了，不管是什么病，都认为是魂丢了，被祖宗或是哪方仇鬼惦记勾了魂去，祖宗勾魂是爱之深，仇鬼勾魂是恨之切，爱与恨都为引起重视，用钱去安抚，病孩子家需要请吴天师去给孩子"送汤气"。我一直没弄清这三字的字面意，故不知这"汤"字应如何写方才正确，姑且暂用此字存之。

"送汤气"的程序是这样的：黄昏已过，备好十二把红丝线捆扎的桃树枝，几碟小菜，三杯酒，黄表纸，送神香，将它们装在筛子里，由吴天师平端着，孩子父亲搂只大公鸡，随在后面。从小孩睡的地方开始，吴天师绕着蚯蚓步，嘴里嘀嘀咕咕不知说些什么，一直走向郊外，在一个僻静的地方，面朝西方，刺出公鸡鸡冠血，滴入酒中，天师念念有词一杯杯敬天祷地洒酒，甩甩拍拍将桃树枝摔到地上，放好小菜碟，点燃纸、香，病孩母亲开始叫魂："××也，回来吧！"叫上几分钟，一路再叫回家，仪式便完了。招待吴天师吃饱喝足，还付一两元钱酬金。

"送汤气"的活毕竟不稳定，吴天师的主要生活来源是扎灵，扎灵是为死人服务的。谁家死了人，生者对死者的心意，除了备口好棺材，烧足纸钱、冥币，风风光光排场一番，还得请吴天师扎等级不一的"灵"的家业，供死者去那个世界享用。"灵"的主要制作原料是麻秸秆和彩纸，吴天师一双巧手可做成红砖瓦舍、院落高树、拱桥亭廊，甚而豚犬五畜、丫鬟纸人，很壮观，很艳丽。送葬时，前面是棺材，后面是"灵"，五颜六色，给白茫茫的送葬队伍添了不一样色调的热闹。死人埋了，吴天师开始烧灵，口中又是念念有词，点燃精心编制的"灵"，"灵"化为熊熊火光，灰烬冲天，那场面，更热闹。

像吴天师这类牛鬼蛇神，破"四旧"是跑不脱的，先是收缴了制灵的工具、原料，接着带纸糊高帽子挂牌游街批斗，关押一段时间后，让他打扫街道改造劳动。此时的他，一点也没了烧灵时天师的威风，生活又断了来源，整个人蔫蔫的，说话小声细语，别人说什么，直摆手。轮到"走资派"登场，"造反派"内斗，"牛鬼蛇神"放回家，惨淡地去经营个瓜子、花生摊，早开门，晚关门，谁也不敢搭理。有顽固迷信的，悄悄找吴天师给扎个袖珍灵，偷偷给死人烧，吴天师吓煞白了脸，连连摆手拒绝。

不容拒绝的生意还是找上门来，镇上两派武斗，说革委会"好极了"的极派和说革委会"好个屁"的屁派大动干戈，由木棍到长矛，由长矛再到动枪，见了血。死了人的这一派义愤填膺，誓为死去的战友举办个声势浩大的隆重葬礼，如何个隆重法？有人竟想到了吴天师的"灵"！这是封建迷信，怎么能搞呢？否定的意见出来，又有军师出主意，可以推陈出新嘛！人死了，睡棺材干什么？埋个大坟干什么？开追悼会干什么？是为寄托我们的哀思，扎灵与此有什么区别？关键看为谁服务，用什么内容服务。大家议来议去觉得也有理，因镇上这些年轻人都是光屁股孩子时，追看烧灵长大的，深受烧灵那种热闹场面熏陶，印象也深刻，送葬不烧灵，还有个什么看头？

他们找来吴天师，责令他要"怀着深厚的无产阶级感情"为他们的"革命战友"制作灵，也是给他主动赎罪的机会。吴天师起初迷惑不敢办，又在勒令下不敢不办，只得按照革命小将的要求战战兢兢去办。大地主或庄园、丫鬟管家类的内容之灵是不能扎的，革命化的灵如何扎法？吴天师这是大闺女上轿——头一遭啦。年轻人鬼点子多，吴天师悟性也高，参考样板戏《龙江颂》中女一号江水英住处的舞台背景，一座崭新的灵诞生了。明三暗五的瓦房一座，大门对联红艳："革命到底不回头，甘洒热血写春秋"，横批是"永垂不朽"，卧室的墙上挂着当时时髦的军用挎包、草帽、军用水壶、军大衣等，桌上放着赤脚医生用的出诊箱，书架上整齐排列着书，都是红红的封面。四面墙挂几幅红边红字，屋檐下挂着锹、锄，院子里放着犁、耙，场地一台"东方红"牌拖拉机，还有猪圈、牛舍，猪在抢槽，牛昂头看天，中堂怎么办？过去吴天师都用"天地国亲师位"，按说要贴领袖像嘛！可灵要烧的呀？谁敢烧红太阳像呢？造反派也犯了难，后来采纳一个秀才的主意：用一幅地图代替，旁边的对联是："胸怀全球，放眼世界"，横批："要扫除一切害人虫，全无敌"。大家都说"高"！

那个葬礼吸引了很多人去看，不是为了哀思，而是去看烧灵，小镇久已不见这场面了。另一派恨得牙痒痒的，批判对方复辟，搞封资修那一套，但有这一派保，吴天师虚惊一场，倒也无事。不久，大联合，两派不斗了，又有新的任务，新的斗争，顾不上吴天师。歪打正着，吴天师的生意却柳暗花明又一村，扎新式灵的生意多起来。吴天师也很会与时俱进，电话、电视机、电冰箱、洗衣机，后来又有手机、电脑，随生活日进，他扎的灵也越来越贴近日新月异的生活，楼房也有了，车库也有了，再发展还有了"小姐"，桑拿浴室，小汽车，还是"奔驰""宝马"类的高级车。

听家乡来的人说,吴天师成了镇上"人物",扎灵也不用亲自动手了,带了几个徒弟,他只负责指点、创意。"送汤气"嘛,呵呵,早不干了,他一门心思琢磨研究新事物,新物件,在"灵"上创新,让那个世界的幽灵共享现代人的幸福生活。

英雄

他是个孤儿,有人说他是逃荒来的,有人说他是外地哪个大闺女的私生子,被丢弃的,反正谁也说不准他父母是谁,姓啥名谁,何时来到镇上的。政府救济将他养大,找间房子让他住下,也曾动员他免费上过小学,大字未识几个读不进去书,又跑了。渐渐大了,街道将他安排在豆腐店,先推磨磨豆子,后有了毛驴,他便给做豆腐的师傅打下手,工资嘛,当然只能拿伙计的钱。年复一年,也不知他究竟多大,个子小,干瘦,看起来仍是十几岁的半大孩子,故伙计的地位一直没提升,工资也不见涨,关键是制作豆腐的手艺也一直没学会,只会小伙计的跑跑拿拿,师傅不怕他偷了手艺,看起来还喜欢他。

镇上人对他印象都不错,因他勤快,哪家挑个水,搬个东西,跑跑颠颠有点事,一声招呼,马上赶到,即使没喊,让他遇见了,也主动去做,因此,好心的人家常留他吃点好的,送他件旧衣服,还有几位中年妇女打趣称他"干儿子",叫的人多了,又有人喊得亲,全镇人都称他"干儿子"。年纪大的这样叫,他应着;年幼的孩子也叫,他不应,嘴嘟嘟嘀咕什么,不吭声,算是恼了。

豆腐店紧挨着油条店，早集时，这边是香喷喷的豆腐、豆皮，那边是香喷喷的油锅、油条，买根油条，用热豆皮一卷，有钱的再喝碗豆腐脑，是小镇人和乡下赶集人的一大享受。故有人在滚热油锅边喊声："干儿子，送张豆皮来！"干儿子屁颠屁颠地送去，也不管他（她）是谁，服务周到，两边生意都好。喊得最勤最亲的是炸油条的"小想子"。"小想子"是个中年女人，打年轻时起，便是镇上公认的大美人，虽徐娘半老，风韵不仅犹存，可说是尤甚。比中年女人多了些媚气，比少妇多了些妖气，弄得镇上老男少男晚上想到她都睡不着觉，故送她个外号"小想子"。好多人不愿买摆在门前摊上的油条，挤挨挨围油锅边等抢刚出锅的油条，不仅是图刚出锅的油条热乎，更是想尝小想子亲手翻拣的油条，还有凑近闻小想子身上散发出来的甚至压倒滚热油锅味的浓烈香水雪花膏味，如果能尝到小想子亲手用豆皮卷的油条，那便是受宠若惊了。

小想子喊干儿子亲，对他也亲，生活上多有关照，干儿子对干妈也感激涕零甘效犬马之劳。油条店、豆腐店忙的时间是上午，下午便消闲了，摊子斜对着摊子，两边人懒洋洋地守着，豆腐店的师傅躺在大板凳上睡觉，干儿子倦着眼皮用破芭蕉扇有一搭无一搭地赶着苍蝇，油条店那边，一群人围坐在小想子身边说笑，除了店里的几个老货，还有闲来无事凑过来的几个镇上老少光棍。这些人喜欢往这凑，更喜欢与小想子说说笑笑，打打闹闹，小想子似乎也喜欢，荤话敷衍着，挑逗回挡着，有时发出嘎嘎放肆的大笑，那笑声穿透力极强，穿过几乎半条街，保守的娘们听了撇撇嘴，想男人啦！笑声有时也惊起干儿子倦倦耷拉的眼皮，抬头向那边瞄一瞄，又照常摇扇去赶试图在豆腐上落脚的苍蝇。

那是一个夏天的午后，暑气热烘烘地拥堵在空间和人体内，小镇静静的，唯有远处、近处的知了扯嗓子叫，穿镇而过的国道不时传来一阵过路车的马达声，偶尔响一两声喇叭，那声，也是慵懒的。

随着又一阵哄笑，有人喊："干儿子，过来，干妈喊你！"干儿子揉揉眼，往这边瞟了瞟，听到又有人喊，干妈似乎也扭头往这边看了看，他跑过来，有人喊："干儿子，干妈要喂你奶哩！"干儿子瞟一眼干妈，看到干妈脸红扑扑的，细细的汗从她白里透红的粉脸涔涔渗出，张嘴嘎嘎笑着，露出一嘴整齐的糯米牙，干儿子知道是捉弄自己，低头转身想跑，被几只手和身子拦住，"嗨，还不好意思，真是童子鸡哩！""快，干妈正喜欢童子叫花鸡，吃奶，吃奶！""吃奶！""吃奶！"一阵起哄，他被人按在干妈身边，脑袋被人按在小想子胸上，一股浓郁的香水雪花膏味和甜甜的汗味充盈着干儿子的大脑，他一阵眩晕，嘴唇触到一团软软的肉，又是一阵眩晕，在迷征中不知哪来那么大力气，推搡开簇拥自己的人，跑出来，背后传来一阵更大声的哄笑，他脑子一片空白地跑进豆腐店，直奔院后的厕所……

就在这天晚上,发生了一件大事:小想子的家遇盗了。小想子丈夫在外地当工人,每月按时寄钱回来,除孝敬父母,还不忘另备一份给小想子,小想子油条店又有收入,因此存了些私房钱,存银行怕露富,便夹在一个纸样包里,压在木箱底处,不料被乡下一个惯贼惦记了。那天晚上,这贼翻窗潜入小想子家,小想子正在酣睡,被贼偷走了钱尚未知觉,贼本来是可跑的,但看到夏天半裸睡在凉席上的小想子又勾起了贼劫色的念头,转身正待扑上床,不知从哪里窜出干儿子,一头撞向贼的裤裆。贼呆蒙一下抓起钱想跳墙逃,干儿子两只手死死拽住他的腿,贼踢了几脚踢不松,随手抓起一个花瓶砸过去,正砸中干儿子的脑袋,血、脑浆流了一地,当场便死了。案子很快便告破,以上过程都是被抓的贼后来亲口交代的。

死了的干儿子理所当然成了见义勇为、奋不顾身斗歹徒的英雄,公社为干儿子举办了隆重的追悼会,街道万人空巷为他送葬,附近乡下农民也自发来了不少,省、县、公社广播喇叭播了多天干儿子的事迹,那文采飞扬的报道还是我写的,采访和写作时,我也流下不少感动的眼泪。由此也引来省报的记者,公社书记命我陪同采访,大记者采访得很细,还仔细地勘察了小想子的闺房现场,中午喝酒时漫不经心地问了一句:"贼来时,邓××(指干儿子)从哪里出来的?"我一怔,回答不上来。还是老练的公社书记有水平,眼珠一转,"哦,他在巡逻,他是基干民兵!来,大记者,我们再走一盅!""巡逻?民兵?"红着眼再喝一杯酒的大记者发现新大陆似的说:"再换个角度,写个壮烈牺牲民兵的典型，体现军民团结如一人，试看天下谁能敌。"

"好！高！还是大记者有水平，小谢，多跟大记者学学！"公社书记高声大赞，我也深为佩服。不久，一篇洋洋洒洒的万字人物报道出现在省报头条，将我的名字也署在大记者之后，因这篇报道，我当年被推荐为工农兵大学生，上了大学新闻系；也因树了这个典型，公社书记被提拔为县革委会政工组组长。

好几年之内，每到清明节，小学生都要到干儿子的坟地去奠祭，久了，便没了这仪式。但小想子没忘，春节、清明节，她都要去烧几张纸，坐一会儿，后来已成孩子奶奶了，还在坚持。听说还交代她的儿子、孙子，不要忘了这个坟，儿孙们应着，谁知今后能不能做到呢？

劈甘蔗

秋天来临，甘蔗上市，大大小小的摊子都摆上三五捆长短不一的甘蔗，青的碧绿，红的丹红，都留着绿绿的穗，煞是好看，只是大道小巷散落的甘蔗渣，引得苍蝇嗡嗡的，令人讨厌。

原上的老七挑着甘蔗上市，总会围上一大圈小伙子和孩子，这不仅因为老七种的甘蔗粗、长、甜，主要是他的甘蔗卖法与别人不同。不是论棵卖，而是用刀卖，老七总是将甘蔗杵在那里，抽出一把牛耳刀，买的人接过刀，选抽出一棵甘蔗，削去青穗和梢头，内行的用刀削去根部的残须，将甘蔗笔直竖在平地上，先用刀背压住甘蔗，两眼瞄准，瞬间翻刀直劈，劈破处便是顾客的成果，老七将破处整齐地截断，顾客再劈。每棵甘蔗如是卖一角钱，劈一刀五分，有时每棵要劈一二十刀方才抵根部，老七大大赚了。

初看的人看这劈甘蔗很简单，都想试试身手，玩了还能占便宜，刀这么锋利，甘蔗这么易劈，一刀从头劈到底不是稳赚吗？抬起刀才知并不是这么回事，站立的甘蔗近在眼前，刀背一翻有时甘蔗便倾倒了，即使不倒，极易砍空，沾个边削个皮。

幸运的劈准甘蔗，劈开一节两节，达到三节四节的便是手艺高超了！因此老七稳赚不亏，但人们也情愿吃亏上当，几角钱换回一堆碎甘蔗，玩得高兴，唯独猴子来，老七害怕。

"猴子"是个人，在油条店打下手，从乡下雇来的，二十多岁，黑黑瘦瘦，耳朵大大，手臂长长，有点尖嘴猴腮，加上臂长似猿，人称"猴子"。猴子在油条店的主业是劈柴烧火，似乎是经理的远房亲戚，照顾来当个临时工。他很勤快，干事麻利，木柴劈得齐齐的，灶火烧得旺旺的，谁看了整整齐齐码在油条店廊下那长长一堆劈好的木柴都夸猴子。许是劈柴练就的手段，他劈起老七的甘蔗来，十八九都一刀拉到根部，引得围观的人拍手叫好。有时，赌气的小伙子战果不佳，拉来猴子出钱让他劈，老七干瞪眼也没办法。

猴子劈甘蔗似乎也没那么认真，可说玩似的，左手扶甘蔗一竖，刀背压住，仿佛看也不看，翻刀听响，甘蔗两半。猴子一到场，不管买不买甘蔗的，都围拢来看他表演，啧啧赞叹。"猴一刀"的称谓当之无愧落在他头上，弄得镇上食品站的屠夫老胡老大不高兴，妒忌他抢了自己的荣誉。有不甘心的小伙子买包烟找猴子传授手艺，猴子也不拒绝，手把手地教，徒弟认认真真地练，刀砍准了，由三四节劈到五六节，但过不了七，有人说老七种的甘蔗怪，劈不过七，"七"是老七的名讳，猴子笑笑，告诉徒弟臂力劲道不足，这不是教的。

谁也没注意，有那么一天，众人又拉猴子来劈甘蔗，猴子刚吃完一块火烧馍夹油条，边走边吞咽着，两只油手往头发上使劲蹭，袖口在油汪汪的嘴上一抹，快步到老七摊上表演。围观的人马上闪开一个口，让演员上场。猴子接过甘蔗和刀，一连劈了七棵，气都不喘，众人拍掌，老七叹气。围观的人群中唯独一人不拍掌也不叹气，转身走了。那是个外地人，四块瓦的火车头帽子是皮的，大头棉鞋是军用的，军裤、军大衣，还搭了条黄格花围巾，从穿着打扮看简单中透出体面，没人觉得怪，南来北往赶集上店的什么人没有呢？谁又愿失去看猴子表演的机会呢？

不几天，猴子被铐上手铐抓走了，据说牵涉到邻县一桩杀人案，被杀的人是邻县一位娶了猴子庄上姑娘的农民，凶杀现场惨不忍睹，被人从天灵盖到大腿根部，一劈两半，现场没有作案痕迹，这案子拖了大半年都没破。那天围观的陌生人是区公安特派员，看了猴子劈甘蔗的绝技，突然激发了灵感，内查外调，让猴子当众劈柴，又技术检验了猴子的劈柴利斧，反复审问，猴子只得如实招供人是他杀的，夜来夜去，奔了几十里的路，油条店的人谁也没有察觉。

勾了鲜红红勾的布告贴在小镇大街上，人们知晓猴子的大名，向猴子学劈甘蔗的徒弟这时方悟师父说的手劲劲道，再也不敢去劈甘蔗了。老七呢？也收起了这玩意，老老实实每棵五分、一角地卖他的甘蔗，只是偶然街谈巷议，人们才谈起劈甘蔗，谈起技艺高超的猴子,有个人说,猴子如生活在过去,可以去当刽子手,比《水浒传》中的蔡庆、蔡福技艺要高,大家笑笑,不语。

荷包

南方多水,多水便多荷。文人骚客多爱荷,赞荷出淤泥而不染,大文人周敦颐一篇《爱莲说》更将莲荷之品味、风骨概括已尽。小镇和乡下人没这大学问,更乏其联想,只是奇怪这物种为何根称为藕,叶称为荷,果称为莲,根与果是有用之物,叶也奇特而有用,奇特在如一叶团舟漂在水上,水涨它涨,水落它落,总是漂着,不高不低,深受水患之灾的民众无不叹羡荷叶之神奇。

这个淮河流域的小镇几十年乃至上百年未被水淹没,传镇处之地正是一片荷叶,水涨镇涨,水落镇落,给小镇输入荷叶之灵性。刚晒干的荷叶是包装的好材料,那时纸少,又贵,不知什么人发明,取荷叶而代之,从什么时候开始的,我猜怕是蔡伦造纸以前,因不仅包糖、包果子、包盐、包肉等用干荷叶,装钱、装烟丝开始恐怕也用荷叶,不然,为什么称钱包为荷包,烟包称烟荷包呢?贵客上门清水煮鸡蛋也称"荷包蛋",粗民与文人对荷的钟爱想到一块去了。

供销社和商店卖糖、卖盐,私家果子店卖果子都需干荷叶包裹，每年需要大批干荷叶，这活被小七子包揽了。小七子并不是排行老七，而是人机灵、鬼头，说他七窍冒灵气，七叶心全长全，称他"小七子"。小七子长得像个瘦猴，头也小小的，两只眼贼贼地活泛乱转，嘴甜，会来事，干什么事都不吃亏，无论世道如何变化，他都活得有滋有味，当然，也富不到哪去。以前商家需要的干荷叶是农民零散送来的，自打小七子垄断了这行业，商家、农家也便习惯了。夏天荷叶盛长季节，他划着鱼桶，在镇后的荷塘和周围农家的荷塘摘翠绿的荷叶，晒干，整整齐齐地叠好，卖给需要的商家，他摘去的是漂在水面的荷叶，据说主杆离水的荷叶晒干后太脆，包不了东西，荷叶发得旺，他也知留有余地，农家也不会有什么意见。

别看这生意小，垄断了加在一块还是不小的收入，也因此，他与商家的关系处得也很亲密，要粮票的果子，凭票供应的糖之类紧俏商品，小七子都能搞到一点，私下里加价卖卖，又多一笔收入。糖和果子都用荷叶包着，丝绵纸捻的线绳捆扎得紧紧的，看不见里面的内容，小七子活泛的心眼一转，又找到一个赚钱方法。他从河滩挖来细沙，用荷叶包得紧紧的，用绳子捆得牢牢地，学商家的方式，还在山字形尖头上捆长条形大红纸，与真的白糖、红糖一模一样，冒充红白糖，偷偷卖给别人。

当然，不能卖给街坊熟人，也不能卖给街道附近的乡下人，要卖给陌生的，家住远远的乡下人，做这事不能经两手，独打单干，一个人只骗一次，谁也不知道。有时，受了骗的男人、女人事后到供销社、商店追问,到公社哭哭啼啼告状诉苦,在街上咒骂出气,知镇上有这么一个骗子,街坊们也围着看,咒骂,但始终不知是谁干的,据说有的人受骗曾暗探似的在镇上私寻,也没抓到骗他的"龟孙子"。小七子多机灵,眼锐,人见一面,过目不忘,他一旦发现被他骗过的人身影,还未等来人走近,便兔子似的溜了,连留给来人辨认、思考的机会都没有。

有一天,小七子站在门半掩的家门口闲看,他家在供销社杂食门市部斜对面,半掩的门挡住他的脸,他可看清外面,外面的人看不见他。他看着来买东西的人一个个来了、走了,仿佛在看热闹。这时,来了个中年人,戴着猴帽,穿着半旧的靛青色棉袄,外面扎着根稻草绳,下面裤子旧且单薄,半旧脚跟磨破的布鞋溅落着泥点子,袜子也没有穿。他在门市部转来转去好长时间了,冻得直打哆嗦,看门市部没了人,怯怯地拱到柜台前,似乎与营业员嘀咕乞求,低着头,腰不时弯弯鞠躬,说着什么,听不清,只听营业员连声高音:"不行,没票不行!""别磨了,没票怎么行呢?""去找糖票!"这人悻悻地走了,三步两回头,贪婪地看着那缸散发甜味的红糖,又在门市部门口来回走了几趟,叹了一口气,往街北头走去。

看在眼里的小七子知机会来了,迅速从屋里取出两包荷叶沙包,戴上平时不戴的猴帽,将额檐压得低低的,从后门噔噔往北头赶,从小河沿的菜园地横穿过,来到街上,又走了十几户人家,见那人垂头丧气地慢慢往街口走来,不时用袖口擦擦寒风中流出的清鼻涕。小七子赶过去，侧身相向时，用手扯扯那人的棉袄，那人一怔，一扭头，小七子悄声耳语："要红糖吗？不要票！"那人本想发火，听这话，先狐疑地看看他，眼里闪出惊喜的光，"要！你有吗？"小七子直点头，拽住他棉袄袖子，拉到街旁屋檐底下。天冷，街北头没摊铺，本来冷清，两人在屋檐下耳语，没人打扰。小七子掏出两个荷叶包，对那人说："不要票，一块一斤，正宗红糖。"那人用手捏捏，细沙软软的，粒子细细的手感，没还价，从口袋掏出一张两元的票子，递给小七子，并将糖放在鼻子上闻一闻，那沙子本是小七子用包过糖的干荷叶包的，有糖味，小七子放心。钱货两讫，小七子猛地推了那人一把，"快走！民兵来了！"说完，撒开腿往南边跑，那人也撒开腿往北边跑，跑时紧紧抱住两个荷叶包。

几年过去了，小七子靠着垄断的干荷叶生意，还用机巧调包骗术，让全家过上了锅有香、衣有新的日子，街坊都说小七子是个能人。他对自家的屋顶比两边的短了几块砖耿耿于怀，旧屋的梁柱老化、朽旧了，小七子积了一些钱，找人加高墙头，换几根梁柱，他找到一个手艺好的茅匠，茅匠又推荐了十几里外乡下的一个木匠。这木匠姓罗，四十上下，憨憨厚厚的，好说话，对小七子压得低低的价也不还口，小七子知道这人是个好糊弄的"闷鳖"，很高兴。罗木匠手艺确实好，按小七子的要求没走样，换上梁柱丁是丁、卯是卯，那扣的榫子齐齐平平，没有一丝毛边，内行的人看了，都赞好手艺，小七子出的又是低价，称这便宜，心中暗喜。

谁知不久，小七子感觉手疼，手上冒出一个红疙瘩，他开始以为是采荷叶，贪顺手扯带刺的"鸡豆"被刺划的，抹了些红药水，可红疙瘩越来越大，也越来越疼，他又以为是长了火疥子，便到医院找卖药的买了点消炎膏，涂涂，没找医生看。不料，疥子越来越红，周边的肉也硬硬地生疼，连同手臂都滚烫滚烫，他感觉全身都发烧了，连忙上医院。医院一看，说这是长疔。"疔"在那时是可怕的疾病，类似现如今说"癌"。又是打针，又是贴膏药，也不见好转。几个医生会诊，提出只有锯掉这长疔的大拇指了，否则有生命危险，即使锯掉大拇指，命保住保不住也说不准。小七子与家里人反复商量，号啕大哭，答应做截指手术。断去拇指，稍好了几天，另一只手的拇指又冒出个疥子来，忙去医院，医生直摇头，说难治难治，这毒怕是浸遍全身了，割了一个疔，又长出一个疔，再断指，谁知哪里又会长出一个疔呢？

医院治不了，小七子又四处寻江湖郎中用偏方治，绿豆也裹了，毒蛇血也用了，癞蛤蟆那恶心人的白浆也抹了，还捣烂蝎子、蜈蚣敷上去拔毒，用尽了民间一切以毒攻毒方法，总不见效。又有几个手指头长出红疥子来，成天发烧在床上说昏话，没多久便死了。丢下不老不少的媳妇和两个还很小的孩子，人人都同情唏嘘。

几个月后，罗木匠来了，还带来一个人。罗木匠喊他姐夫，这个憨憨的姐夫好像在罗木匠面前很有威信。罗木匠说，惦着东家的活，那二梁有几个榫子需要紧一紧，便舞着工具爬上去忙乎，罗木匠在梁上叮叮咣咣地忙乎，他的姐夫陪小七子娘子流泪，叹气，叙话。几袋烟工夫，罗木匠忙完，两人告别，他的姐夫给了小七子娘子五元钱，说是东家送葬时，没赶来，买几张纸给东家烧了吧，好说歹说硬塞进小七子娘子手上。

一来二去，罗木匠姐夫与小七子家熟了，赶集时，经常带些乡下特产来，小七子娘子有时留吃个饭，家里有房屋、板凳修修补补，罗木匠便来忙，做完活也不要工钱。又过不久，街坊们听说，小七子娘子要嫁人了，嫁的人便是罗木匠的姐夫，他姐姐几年前死于难产，姐夫一直单身，看到过的人都说，这人实诚，靠谱，憨憨的，他是入赘过来，帮小七子娘子拉扯两个孩子。

罗木匠经常来，有手艺，又勤快，街坊们扯扯拉拉又成了亲戚，镇上不少家的木工活都愿找罗木匠做，他能喝酒，又健谈，大家都很喜欢他。

有次酒后，罗木匠说出个秘密，姐夫那次为正要生产的姐姐买糖，被小七子用荷叶沙包骗了，两人悲气交加，姐姐难产死去，横在肚里的孩子也死了。他姐夫早就在街上认出了小七子，想事情已过去了，不愿意再找上门来闹，罗木匠咽不下这口气，给小七子修梁时，做了个手脚，在二梁上钉下一排七颗铁钉。过去只是听说，高明的木匠会弄法，对仇家作个法，将不该钉的铁钉钉在关键位置，将有些梁柱接口处弄斜、弄歪，甚或在哪个地方放个小木人，仇家当世或后世会遭报应，这些人们本来当故事听，还不信，听罗木匠醉语一说，原来真有这么回事，问罗木匠是谁教的，罗木匠呵呵一笑，说："鲁班师傅。"

小七子娘子也知道了，抹眼泪为小七子难受，但她不恨罗木匠，更不怪自己的新丈夫，而是经常教育孩子：要学好，不要骗人！

入赘的罗木匠姐夫，继承包揽了采荷叶的活，夏秋挑着鱼桶担子去乡下采荷叶，有时女人也去，孩子也去，归来挑的挑、背的背，带回滴水的鲜嫩荷叶，在院子、屋后碧翠翠摊晒一片，叠得整齐规则码在屋中，送给商家，商家夸赞：比小七子过去的质量好，张张优质，无次品，叶片还厚、还大，全是贴水漂生的睡荷叶，晒干了，荷的清香味还很浓。

狗屠

　　农村喂狗的多，镇上喂狗的少，细究起来喂狗需要粮食，镇上人每人每月二十五斤半商品粮供应，没多余的粮养狗；养狗需要场地，镇上户挨户、房挤房，紧巴巴，没有狗活动的场所了，更别说狗拉屎撒尿讨人厌，稍不留神咬了人落埋怨的因素了。除了带食堂的公社、供销社等公家养狗外，私人一般都不养，至于养宠物狗嘛，那时是资产阶级生活方式表象之一，人也没有闲心、闲钱去养。唯一私人养狗的是街北头顶头一家的三狗子，养的还是母狗。

　　三狗子养母狗不为看家护院，不为闲情逸致，而是为屠狗。说起来这三狗子是人见人厌的下三滥，身无一技，四处漂荡，游手好闲，荡来荡去不知从哪里荡来个媳妇，痴傻傻的，又生下一窝孩子，没一个灵光的。一大家子的生活来源，除了靠吃街道救济，就是靠屠狗。街上虽然狗少，乡下的狗来的却多，也许是狗也想赶集凑热闹，或是集上垃圾多，觅食更易。常见一两只狗夏天张大舌头，喘着粗气，流着哈喇子，冬天缩着脑袋，乱蓬蓬的皮毛披散着霜或雪在街上东瞅瞅、西嗅嗅，捡只残骨啃啃，偏角落寻堆垃圾扒扒，见人来嗖地一窜丈把远，遇脾气暴躁或者不顺心的人猛踢一脚,疼得"汪"地一声,一头扎老远,回头望望,也不敢报复,夹着尾巴悻悻而去。

这些大都是野狗,少有家狗。家狗往往随主人一块来赶集,在主人前面或后面气昂昂地走,不紧不慢地跟,主人停下它停下,主人到哪屋去办事,它在门前卧着;主人到饭店吃饭,它跟进去,在桌子下大大方方地乱窜啃骨头;主人与谁亲热打招呼,叙话,它对人摇尾巴,甚至跑前跑后献殷勤;遇有小孩子逗,龇牙,发出低吼,主人呵斥一句,一骨碌奔上来,摇着仿佛没生根的尾巴,勤利地随主人而去。

不管家狗野狗,犯到三狗子手上都遭了殃,不识好歹的狗还偏爱奔三狗子家,三狗子有肉包子和母狗诱着它们。肉包子是三狗子用烂肉,许多还是狗肉渣蒸的,包子馅掺了他不知哪里弄来的红药丸粉,半夜里放在门户附近喂狗,狗吃了几分钟便头晕,迷迷糊糊走不多远想睡觉,歪睡路边草棵,三狗子用结好的绳索套住睡狗的脖子,一背一拖,吊在树上挨脖子一刀剥皮卖肉。有次,一刀没捅准,皮都剥完了,狗却醒了,凄凄嚎叫,那叫声响彻半夜沉睡的街,吵得人都睡不着觉。还有一阵,三狗子不知从哪学来的方法,在肉包子里裹上自制的小炸弹,狗一咬,"啪"地炸药爆了,狗的下巴炸得血淋淋的,疼得走不了,蜷卧喘息,三狗子上前套上绳套,拖地的狗没有下巴,只是挤嗓子干号,其状甚惨。

如果说肉包子是三狗子为狗下的肉衣炸弹，他喂的母狗更是为狗备的温柔陷阱。三狗子养的这只母狗可是狗中上品，长长壮壮，四肢规整，毛皮光亮，面部黄毛无一丝杂色，走到哪里，后面都尾随一群野狗，也包括附近农村的家狗。每到晚上，三狗子将它放出去，引得群狗追逐互撕，胜利的狗随母狗走到土坎，树下僻静处，成全好事。三狗子便悄悄跟上来，用绳扣套住爬在母狗身上的公狗，背上就往回跑，生生将正做好事的狗生拉硬拽下来，牡丹花下美梦尚未醒，已一命呜呼了。兴致还未尽的母狗扭头看主人背着自己挣扎的情狗，怔怔看上一会儿，木然而去。人们都指责三狗子缺德。

听人指责，三狗子满不在乎，狗肉卖给饭店，狗皮卖给购物站，狗头和内脏整上一大锅汤，汤汤水水喂填他那痴女人和傻孩子的肚子，母狗也津津有味地啃着狗骨，一家子其乐融融。

时间长了，狗屠三狗子还摸索出一套狗经，他喜欢卖弄，常常唾沫星乱飞向人们传播，诸如：什么样的狗肉香？一黑二黄三白四杂，这是指毛发的颜色；什么时间吃狗肉好？四季皆宜，冬吃狗暖，夏吃狗凉，春秋吃狗舒坦；还有什么"狗通人性，人通狗性，站起来狗不如人，趴下去人不如狗""人脸多变，狗舔多乱"等等乱七八糟的。这个下三滥的讨厌人，恬不知耻的言语又给人狗肉香味以外的乐趣。

三狗子还说过，狗是属土性的，为何在剥狗时，要挂在树上呢？除了剥皮时方便，还是为了使狗不沾土，只要不是刀捅死的狗，不论狗受了多重的伤，挨土睡上一阵，便会苏醒。他有次拖狗回来累了，想抽几支烟才剥，将狗放在地上，三支烟没抽完，那狗醒后挣脱绳索跑了，空忙一场。以后拖来狗后，杀不杀剥不剥不要紧，先得挂在树上，不让它身体接触土，即不接地气。不知他说的有无道理，小学教生物的几位老师为此翻了不少书查看，也没找到依据。

三狗子屠狗多，身上煞气重，狗见他都躲得远远的，无论再凶的看家狗，见到他，汪汪叫几声便夹起尾巴跑了，当然，他家喂养的母狗除外。有人说，三狗子杀了那么多狗，捉狗那么缺德，杀狗那么血腥，是会有报应的。

果然有那么一天，三狗子杀剥了一只疯狗，没来得及卖给饭店，只煮了一只狗后腿，熬了一锅香香的狗肉汤，犒劳全家一顿。第二天，三狗子和他的痴女人、傻儿子都满嘴冒白沫，赤身裸体，大喊大叫，两手乱抓，到处奔跑，疯了。那只立下半功的母狗，也像喝醉发情一般，汪汪叫着乱窜，见人见畜就咬，人们挥棒舞砖驱赶，它箭一般穿向旷野，几只公狗扬爪去追，怎么也追不上。母狗死在一条臭水沟里。三狗子一家，死在公社医院里。

这便是报应吗？人们私下议论说。街道忙组织医生挨家挨户注射疯狗疫苗，镇上的饭店，悄悄将狗肉火锅这道菜撤了，也许没了货源吧。

槐树钟

那时，有钟表的人家少，乡村一般看阳光的影子测时间的早晚，小镇人得天独厚，听小学校的钟声起床、做饭、吃饭；连痴呆的老头老太都可识几长几短的学校报时钟响，离开了它，还真误事。

小学校的钟很大很响，响声也浑厚，悠长，谁也不知这钟有多少年，从哪来的。传说中是一个暴风雨之夜飞来的，翅膀没了，飞不走了。这是小镇的吉祥物，哪天钟长翅膀飞走，小镇运数便没了。这钟挂在一棵古老的槐树上，槐树年年长叶开花，叶繁密茂盛，花成串飘香，敲钟的老师用绳子拽响钟，会落一层层的绿叶和一串串的槐花，随悠扬的钟声飘着叶的清香和花的芬芳。

这地方过去是县苏维埃所在地。苏维埃重视教育，很早便建了所"列宁小学"，历经多年，已发展成为有几十间房子，初具规模的小学校，在全县都是数得着的。可惜学校离县城远，又不通公路，开会要走上三天，派教师来不易，大军南下时，留下一个随军的学生在这当校长，一当便几十年，不知为什么，当时也穿军装的这个学生却不是党员，以后也没入党，公社干部私下说，老边（指校长）什么都好，就是有些右倾。

教师是受镇上人尊敬的，校长更受人尊敬，待到老子长大，又有了孩子，两代乃至三代人都是校长老师的学生，师位摆在天地祖宗的牌位之后，不尊敬哪行？凡校长教师从街上走过，再厉害的角色也要迎面招呼，侧身让过，在门前看到的，连忙热情招呼："吃过没？来吃一碗？""进来坐坐？喝碗茶吧？"

教师工资不高，一般都孩子多，生活过得比镇上其他人也好不到哪去。但教师娘子似乎都还勤劳节俭，也能吃苦，粗茶淡饭，旧衣补丁，总凑合着不断顿。上过晚自习，三两教师还会到镇上，在小饭店里，AA制吃上一碗热乎乎的面条；手头有余的，要上一碟小菜，要上二两红薯做的便宜酒，喝得脸红红的，高谈阔论些国家大事，之乎者也，引得人们羡慕。老师们还会搞一种什么"对会"，每月发工资时，扣下几元钱，由专人集中，轮流使用，轮到吃"对会"的教师，一下子多了几十元钱，发财一般，不吝啬地费去几元钱，请大家到饭店撮一顿，有肉，有豆腐，有酒，那是教师最开心的日子。

某年夏天，镇上饭店许久未见教师们来聚会了，消息灵的人说，教师们都集中在刘东圩子学习，听说要打右派哩！那时老百姓对右派的概念并不明朗，这些年学习多，运动多，大概又在学习改造吧。不几天,又有人说这次与以往不同啦,真的打了几个右派,那个教画画的夫妻俩,当教导主任的地主儿子都打成右派啦,开会也不让参加,在扫厕所,扫院子哩!学习结束了,证实不是瞎话,说的这三个人都没回来,一个去了劳改农场,两个去了劳教农场。小学生们又上学了,槐树上挂的钟声依旧,只是晚上看不到老师们来饭店吃面了,都在小学校的会议室开会学习,平时上街的也少,偶有出来买点东西,见人闪烁,躲避,低头匆匆而过,似乎不愿与别人多讲话。

街上更是少见边校长的身影,偶尔见到的人说,边校长瘦了,头发也长了,平时梳得齐齐整整,现在也有些凌乱,眼红红的,好像没睡好觉。是啊,白天上课,晚上开会,教师少了几个,学生还那么多,一校之长也得操心的。

镇上人哪里知道,边校长正为一件事发愁,小学校已打了三个右派,按上面任务还得打一个,该打谁呢?他犯了难。按说论条件有两个人,一个是老史,另一个是老陈,老史是男的,过去当过几年伪甲长,平时之乎者也,喝两盅酒爱发牢骚,不合时宜的言论也不少;老陈是女的,过去是陈家公馆的小姐,丈夫是伪军官,镇压反革命时劳改几年,现留农场劳动,虽平时话不多,冲她这出身和社会关系,划右派也是合格的。何况,当过劳改犯的丈夫时而还来,并未划清界限。这次揭发检举,两人材料都不少。两人的业务能力却很强,老史是高年级教学骨干,老陈是低年级教学骨干,是边校长手中两张教学王牌,爱才的边校长对两人都很器重。当了多年领导的边校长当然清楚，当下时期何堪论才？那个更有才的教导主任不是已被打成右派了吗？

　　真正让边校长头疼的是这两家的负担，老史五个孩子，老婆不识字，没工作，老史如打成右派，家里盆破糖稀；老陈更不用说，丈夫在劳改农场，她去坐了牢，孩子都得流落街头。如果出现那种局面，他这当校长的焉能不管？怎么管？自己又有一大堆孩子，要不是老婆会持家，怕是孩子们也与叫花子差不多了。再说，这两人平时与老边相交也厚，特别是老婆与老陈、老史老婆几乎无话不谈，几家孩子不分大小、不分你我，爬树掏蛋、下河摸鱼、偷瓜偷枣，共为一体，几无异姓之感。边校长抽了一支又一支劣质香烟，烟屁股烧到手几乎都没有感觉，还是没做出决断。

　　"哥，吃饭啦，嫂子喊几遍啦！"一个声音打断了边校长的思路。星期六从乡下回来的弟弟催促他，用手将边校长手中的香烟头拿去，丢在地上，用脚再踩一踩。

　　边校长抬头看看弟弟，成人啦！浓浓板寸头的密发黑乎乎的，嘴角也已长出茸茸的胡须，嗓音也变了调，哑哑憨憨中透着一种成熟，个头已赶上自己。他一愣神，问："哦，回来啦？"

"刚回,还给你带回一把烟叶哩,这是老烟匠种的,比你那'大丰收'好多啦!"

"好,好,你那学习抓得怎么样?"

"认真哩,开了几次学习交流会,我光学习笔记就写了十几篇。"

……

"吃饭啦!还叙什么叙!吃完再叙不迟!"老婆催了,兄弟俩连忙去饭桌旁。

一碟咸菜,一碟酱豆子,一碟青菜,还有一碟黄黄绿绿的青椒炒鸡蛋,边校长知这是贤惠的老婆为弟弟周末回家特备的。弟兄俩坐好,小孩子们围在另一小桌上,边校长叫老婆将酒拿来,并点名要过年喝的瓶装"临水大曲"。老婆意外了,嘴里嘟囔着:"不年不节,喝什么酒?还要好酒。"但也顺从地拿过来,手还夹两只小酒杯。

边校长疼爱这个弟弟,老婆知道,甚至胜过疼爱儿子,她理解。父母早死,哥哥将弟弟拉扯大,无论再困难,都让弟弟读书,弟弟知事,读书不错,考取县师范,去年刚毕业。本来分在镇上小学的,边校长为锻炼他,将他放在边远山区的一个民办学校,每星期都回来,洗洗缝缝都是嫂子的活。

弟弟喝过哥哥亲自倒的一杯酒,又按哥哥的意思共喝了三杯,哥哥的反常让弟弟受宠若惊,正要给哥哥倒酒,哥哥推开了,问他:"××,你说,对这反右你什么看法?说实话!""我……"看哥哥双眼盯着自己,"唉,说不清,那几个人也很惨了,不过平时也够狂的。"弟弟瞟着眼角瞅哥哥,哥哥不吭气,自倒了酒,喝一杯,叹口气,"吃饭!吃饭!"

吃过饭后,弟弟帮嫂子涮了碗,拾掇好,去找单身老师捅腿去了。孩子们安顿好,边校长夫妻躺下,嘀嘀咕咕不知说了什么,孩子们听到母亲哭了,哭得很伤心,伴着父亲的唉声叹气。这时,寂静的夜传来笛子声,孩子们知道,这是叔叔吹的,叔叔的笛子比哪个老师吹得都好。"当当",大槐树的钟声响了,熄灯的钟声,笛声飘忽淹没。

不久,小镇传闻边校长一个惊人的举动:他将弟弟划为右派!小学校反右的任务算是完成了,史老师、陈老师松了口气,老师们都松了口气。

据说,送边校长弟弟去劳教那天,老师们都围在挂钟的大槐树下,这位刚毕业的师范生要求哥哥,"让我敲一敲钟吧。"

背着被褥的小边拉响那口飞来的大钟,"当当当当"连拉了十几下,不分长短,也不知是上课铃还是下课铃,弄得镇上老头老太洗菜淘米乱了方寸。小伙子力大,大槐树的叶和花纷纷而下,小伙子肩头挂满了绿叶和白花,史老师哭了,陈老师哭了,教师们都眼红抽泣,边校长不知去了哪里。

那夜,下了场暴风雨,镇上人说,大槐树的钟该不会长翅膀飞了吧。直到第二天凌晨,起床钟声又响起,人们心头一颗悬空的石头方才落了地。

鬼赌

在人们心目中，赌博人分三种：赌钱、赌棍、赌徒，是根据陷赌深浅的程度区分的，称得上赌徒的，喜顺子算上一个。

喜顺子家原本算有钱的，因有钱宠了他这个浪荡子弟，在他由赌钱上升到赌棍阶段时，父亲没少管教，为此，还剁去了他一根手指头，也没用，父亲被活活气死。自此他便一发不可收拾，因赌卖了地，卖了房子，卖了老婆，身边仅有白发苍苍的老母亲与他共同生活。解放后，喜顺子凑足股本金入了商店，负责哪个门市部，因赌都有账目亏空，令人放不下心，只好让他一人负责个供销点，不久又货完本钱消，股本金也堵不上窟窿，便被开除无了业。后又拉了阵架子车，连架子车也输掉了，让他在粮站互助组[4]扛麻包，将互助组众人的工资也输掉了，便没有人再敢叫他干事。依靠老母亲帮人做些针线活，种几块小菜园，勉强为生。他呢？以赌为生，赢了钱，也喜顺，还大方，大鱼大肉，孝敬母亲，呼朋引党；输了，没米下锅，六七十岁的老母亲垂泪辛劳，支撑着这个家。

---

4 互助组为当时粮站的临时工互助组织，粮站聘用，来去自由，自治管理，集中干活，收入分红。

几十年来，政府一直在禁赌，却总是禁不绝，赌有赌的门路，赌有赌的圈子，这门路，喜顺子都熟；这圈子，都还少不了喜顺子，没钱似乎也不嫌弃他，圈子里都说，他的赌风还可以，欠钱不赖，赢钱不走，圈子的规矩似乎最看中这两点。"文革"开始，禁赌更为严厉，民兵抓赌也更为严格，抓住了，没收钱，关起来，游街，搞长久了，皮厚的老赌徒已无所谓了，关就关吧，游就游吧，放了后依然故我。只是赌场选得更为严密，消息封锁得更为机密，还学会了机动灵活的战术，从集镇转移到农村，赌场选择山边的独门独院处，或是圩沟庄上三面环水之地，一条路进出，有人站岗，一旦发现民兵来，马上收起赌资、赌具，摆开说书、谈天的架势，弄得民兵也没办法。

那一天，喜顺子和几个赌徒又在个圩沟庄子里玩纸牌，没想到抓赌的民兵学会了渡江侦察记，趁夜色悄悄泅水进到圩子里，封窗封门，逮个正着。赌徒们吹灯破窗破门而逃，喜顺子趁乱也逃，唯一进圩子的路已封死，逃走的赌徒纷纷跳水，民兵下水捉，夜色暗分不清谁是赌徒谁是民兵，让喜顺子溜了。

他爬出圩沟，冲进青稞玉米地，跌跌撞撞地跑，天然的青纱帐，民兵要想将人都捉到更难了。漏网的喜顺子在青稞林里没命地跑，跑呀，跑呀，玉米地尽了头，是高粱地，高粱地尽了头，方才见棉花地，翻过棉花地田坎，到了小河湾，身后本已无人追了，但逃跑的喜顺子不敢回头看，翻过田坎，跃过河湾，冲过小河，还在跑，又过了河湾，又过了竹园，又过了棉花地、麦苗地、萝卜地、苜蓿地，面前横着一座座坟山，到了乱尸岗老鸹岭。

这晚天空没有月亮，看不见星星，黑黑的云层扣着像个黑锅，高高矮矮的坟堆似树，又似人，朦朦胧胧，茅草、灌木、荆棘丛也黑乎乎的一团。脚下的地坑坑洼洼，喜顺子深一脚浅一脚不是踩到牛蹄坑，便是踩空土坎土洼，摔了一跤又一跤，手、脸、脚都感觉到了被荆棘、石砾划破的痛感，好几次踩到软软的癞蛤蟆，肉肉地咕咕一叫，从他脚脖子爬过去，凉凉的。蔓草带的湿露很重，也是凉凉的，衣服、头发都淋着水混合的汗，已感觉不到冷，只是头发竖竖的，心底打着寒战。黑影团闪闪烁烁有绿莹莹的光亮，飘飘浮浮，随着他的奔跑在移动，喜顺子这时似乎有些清醒：这是鬼火，他这是在人谈之色变的老鸹岭，四处一片寂静，不时有叽叽、咕咕、唔唔一两声怪音，似火柴棒在火柴盒一划而过，不知是野狗、野猫、狗獾子还是夜鸟、夜鬼发出的声响。喜顺子毛发悚然，拼命挣开已不知疲倦的两腿，跌跌撞撞地狂奔。奔了一程又一程，绕过一圈又一圈，面前是坟，是坟，还是坟，草丛、灌木丛、荆棘，还是草丛、灌木丛、荆棘，连鬼火的绿光也不见了，眼前一片黑，他突然被什么东西绊倒，一摸是副人的骨架，脑子一激灵，眼一黑……

面前亮了，荆棘、灌木丛挂了几个小灯笼，白丝绵纸糊的灯笼里面燃烛闪闪的，一个掘开的大坟旁晾开一块空地，他坐下来喘喘气，面前的死人骨架也直挺挺地坐起来，两条光骨无肉的腿盘的姿势怪怪的,露出脚趾骨白森森的,手臂和手指没有肉显得很长,肋骨一排空着,与平时看杀猪剔去肉的猪排没有区别,肩骨撑起的头显得很大,很重,有肩骨支撑不起的感觉,喜顺子想笑,人骨说话了:"喜顺子,要赌钱吗?"一排明晃的牙咔咔在响,声音哑哑的,看不见他的眼,只看到两个大黑洞。

"赌钱?好呀!"喜顺子一阵兴奋,他每次到赌桌,都有这种按捺不住的兴奋,不由自主地掏出随身带的两枚铜钱,在地上捻动,但地上的土疙疙瘩瘩,不平整,捻不转铜钱,他有些茫然。人骨牙齿又在咔嚓,"这不行,换个赌法。"还未待喜顺子回应,听到哗啦地响,人骨架手一扬,从口中卸下那一排明晃晃的牙,"来,用这赌,我做东,你押。"人骨架又伸出另一只手,将牙放在手中摇,伸出一只手,背过一只手,对喜顺子说:"你猜,是单是双?"喜顺子觉得挺有趣,看看那两只黑洞似的眼,盯住他握的手在琢磨。人骨忽地将伸到喜顺子面前的手又缩回,"不行,咱们还没约定赌什么!"喜顺子摸摸口袋,已没钱了,赌什么呢?

"赌你的筋,脑子里的筋。"

"脑……筋?"

"对！你这脑子里有七根筋，我这有十八颗牙，你输了给我一根筋，我输了给你一颗牙，我赌本比你大，可以吗？"

"牙？我要你这牙有什么用呢？又不能换成钱。"

"呵呵，用处可大哩！你看，这牙多白？在土里又埋了这么多年，吸天地灵气，你的牙坏了，可用它换，赢多了，串成一串，保证比珍珠、玛瑙项链珍贵，听说过象牙项链吗？人牙比象牙贵多啦，不信你看——"人骨架递过一颗牙，喜顺子捧在手上，滑腻有感，看看白晶闪亮，生了贪心。猛地又问："你要我脑子的筋干什么呢？"

"呵呵，天机不可泄露。"

"好，来吧！"

人骨架摇起了握起的双手，那牙晃晃哗啦响，口中念念有词："天灵灵，地灵灵，单，双，双，单……"喜顺子猜，第一次喜顺子输了，人骨架让喜顺子闭上眼，他伸手取筋。喜顺子仿佛听到脑子里的血咕噜咕噜在流动，一根棍子似的东西从脑子中拔出来，但不疼，睁开眼，他的那根筋放在人骨架旁边，血糊糊的，还在蠕动，人骨架嘎嘎地笑。

第二次人骨架输了，喜顺子赢了一颗牙，是颗门牙，滑滑的，喜顺子凑着亮光看看，白白的，不见一丝黑垢，顶部磨损有些尖，用手指摸摸有点刺手，是颗漂亮的牙。他又用手摸摸自己的门牙，有些糙，破损了半边，晃晃，根部有些松动，想，该换了，就用这颗牙，也很兴奋，将牙放在面前的一蓬巴根草上。

第三次人骨架又赢了。

第四次喜顺子赢了。

第五次、第六次……

白生生的牙，血糊糊的筋，不断随着输赢在喜顺子和人骨架之间推移增减，喜顺子越来越亢奋，已将刚才的惊惧、恐怖忘得干干净净，完全投入那美妙陶醉的赌兴之中。挂在树枝荆丛的灯笼直闪直闪，飞过来几只蛾，先是围着灯笼转，又飞到喜顺子和人骨架面前扑闪翅膀，不知是捣乱，还是看牌。他和人骨架都用手去赶，却赶不走。几只夜鸟在草丛扇翅响了一下，一只"呱"地叫了一声，喜顺子一惊，抚脸看了一下，仅一瞬，他看见人骨架在背着的手伸出一下，不知是取牙还是添牙，刚才顺口猜的对不上号。他与它数单数双争执起来，喜顺子气愤地血往脑子里涌，拔去筋的脑袋那几个洞咕咕地往外涌出血，面前像屋漏雨般滴答滴答流出血来，猩红猩红的，许是血腥，还引来几只蚂蚁爬在血上，死命地舔。喜顺子怒了，搡了人骨架一把，人骨架晃了晃，似乎也怒了，扬起手臂给喜顺子一个耳光，五指光光硬硬的，冰凉冰凉，打在喜顺子脸上，很疼，喜顺子更怒了，与人骨架扭成一团……

太阳出来了，响的声音和活的动物打破了天地的死寂。几个牧童趁着晨露的草新鲜到老鸹岭放牛，一只牛忽然哞哞地叫，放牛娃跑过来，看到昏死的喜顺子，旁边被狗刨开的坟堆拽出一具枯骨，喜顺子与枯骨抱成一团，一只手掏进骷髅的口中，拔拽掉一颗白牙，攥得紧紧的，那人骨架，一只没有手指甲的五指光骨紧紧抠住喜顺子的肩膀，抠处有一大块血瘀印。喜顺子鞋子也没有了，衣服撕得一片一片的，身上到处是荆条、石砾划破的血印子，好心的牧童将他送到医院。

除了皮肉伤，喜顺子基本没有大碍，很快便出院了。出院后喜顺子只是脑子呆呆的，不会赌钱了，也没人找他赌钱了，什么也不会干，吃了睡，睡了吃。老母亲缝补衣服、种菜园养着他，他成天摆弄从人骨架口中拔出的那颗牙，口里嘀嘀咕咕说着谁也不懂的话，老母亲不伤心，对人说，这也好，终于戒了赌，大家也附和，是好，终于戒了赌。

替身

钻牛角尖式地细究起来,在小镇人的眼里,生命是不增不减的,人、畜、禽,死有灵魂,托生转世,不灭不息。这灵魂,便称之为"鬼"。成鬼了,舍不得离开家门,要烧纸散香去送;再度超生,要抓个垫背的,去做投名状,做人难,做鬼也难。何况人还那么狡猾,烧纸当作钱,去糊弄鬼,扎个假人,以假当真,去迷惑鬼。"替身"之说,便是小镇的风俗。孩子金贵,从小便给他(她)扎个稻草人,写上名字,放在家里,任由鬼来捉去,以假乱真,保全孩子生命无虞。逢到生病死、喝药死、上吊死、水淹死这类鬼,便难对付一些,因其死得冤、惨,被前面的鬼当成替身而死,死后便在死的地方不离去,直到寻到下一个替身,骚扰的这个地方便成恐怖之地。镇后的荷花塘便是这样的地方。

荷花塘本很美,紧挨长长街道的一个长塘,上游是顾大堰流下的水,下游流进石板桥的河道,有进有出,活水自流,水很清,是镇上洗衣洗澡的地方。紧挨塘边是宽窄不等的菜园,菜园种各式各样的菜,菜开五颜六色的花,结形状各异的果,有荷花塘水的浇灌,叶碧绿油汪,鲜红赤丹,泛白挂霜。荷花塘也很美，没人撒种，自然生长半塘红黄间绿的荷叶荷花，有漂有立，高低有致。随波摇动菱角、芡实，碧水中映出曲曲折折的水草，靠岸边长出碧绿的茭白，偶有零星的芦苇夹杂其间，岸柳倒挂，青草漫堤。茭白丛，荷叶间，总有鱼沙沙似蚕啃桑叶的声音，时而有鱼一跃，升空又落下，升与落都是优美的姿势，水边一群群小鱼摇尾流动，看得见，抓不着。如是春夏秋三季的黄昏，夕阳映照下，菜园妇孺提桶浇园，欢歌笑语一片，成群的蜻蜓水空飞舞，蝴蝶、蜜蜂，花花绿绿长翅膀的菜虫萦绕园圃，晚霞、白云、蓝天、轻风、摇柳、水流、荷动，更是声、光、影、色齐全的图画。

这样一个水塘，每年却都要淹死一个人，有大孩子洗澡溺水的，小孩子失足落水的，酒后迷糊掉水的，含屈受冤投水的。死因不同，死法一样，都是被水鬼拖下去的，拖人的水鬼超生了，落水而死的人又成新的水鬼，再去拖人下水替代自己。上一次被水淹死的是个受不了丈夫和婆婆气的小媳妇，水鬼且是女鬼，又多冤情，更为可怖了。许多人在夜晚都听到了女鬼的哭声，吓得去塘里洗衣、洗澡都要结伴而行。正午时分更不敢去了，我至今也弄不明白，传说鬼属阴，人属阳，白天阳气旺盛，鬼不敢活动，夜晚阴气滋出，鬼活动猖獗，怎么阳气盛极的正午，却是鬼活动的时间呢？难道看管鬼的神仙也有午睡的习惯？

有人不信邪，敢去，还偏选夏日的正午去，这人便是供销社的老高。老高是杂货门市部卖货的,别的门市部都是两个人,一个管收钱,一个管卖货,唯独老高是一人一个门市部,卖货收钱都是他独自承当。老高粗粗壮壮,长着个鹰钩鼻子,有人说他长得像电影中那个日本松井小队长,松井有句经典台词:"高,高家庄的高!"人们背地里送老高外号"高家庄"。老高成天板着个脸,很少见他笑,听说是个难缠的主,大概领导也怵他,也没人愿与他在一个门市部,他卖的又是按件取货的杂物,不像卖布的给顾客扯长扯短,卖盐卖糖的能短斤缺两,卖酒的掺水多少;因而他不易贪污,无须监督,便放心让他独自负责一个门市部一干许多年。

人们没有看到老高有其他爱好,不抽烟,不喝酒,不打牌,不下棋,媳妇漂亮,故也没听说他好色。知他唯一的爱好是叉鱼,在熊铁匠那里打了一把锃光闪亮的鱼叉,听说熊铁匠还特地给这把叉淬上祖传"宝钢"。每天中午,别人都午睡了,店面也关门了,他扛着鱼叉,来到荷叶塘,寻一处僻静柳荫处,摘下帽子,斜斜站在那里,手捏钢叉,凝视着水面,等待浮头的鱼。正午的日头,正毒;正午的世界,还静,除了知了在树上扯嗓子叫,只有鱼啃荷叶边的声音,偶尔有大鱼在水中摇一下尾,水有响动,老高便移开目光,寻水的响处,看距离太远,惜惜地收回目光。

柳荫下虽无太阳直射,阳光还是从柳枝柳叶处筛子眼般洒下来,又无一丝风,站一会便汗流浃背。老高带有毛巾,擦擦汗,再将毛巾搭在肩上，过一会儿将汗毛巾在水里湿一湿，触水很轻，也不敢在水中搅拧，怕惊动鱼，取下挂在柳树上的军用水壶喝几口茶水，动作都是轻轻的。这时，如果有三两调皮的孩子在菜园玩，或是试图下水洗澡，稍有响动，他便扭头瞪大眼睛，低声呵斥，很凶，小孩子都怕他，也不敢看他叉鱼，悄悄溜了。

这时，如果发现附近哪块荷叶边有鱼啃荷叶，有鱼探头喘气，或有大鱼摇尾搅花，他便铆足力气，奋力将叉掷去，用拴在叉杆上的线绳拽回叉，倒挂刺的五骨钢叉很锋利，叉准了，鱼是跑不掉的。叉刺深深地刺进鱼身，鱼尽管还在水中挣扎，也脱不开五骨钢叉的倒刺，拖出一道血水印痕。老高也不摘去，扛着在叉上摇尾摆头的鱼，洋洋自得而归。叉的鱼一般较大，他也仅叉一尾，足够全家晚上熬一锅鱼汤了。不过大部分时日，他都白忙乎，空叉而去，空叉而返，路遇懒洋洋摆西瓜摊没有午睡的人，帽檐压得低低的，从旁悄然而过；叉到鱼时，趾高气扬，买块西瓜，在摊前站着吃了，让卖西瓜的人欣赏，啧啧赞叹他的鱼，他的叉，还有他的叉技。

有一天，午睡过后，老高的门市部还没卸下门板，对面卖布的门市部以为他睡死了，三点没开门，五点还没开门，跑过去看，门前挂着大铁锁，卖布的便去向主任反映，主任找到老高家，媳妇也奇怪，老高没回家啊？

黄昏，一群洗澡的汉子在荷叶丛中发现了他的尸体，肚子灌满了水，口鼻塞满了淤泥，爬满了水蚂蚁，嘴角还有一块肿伤，几点绿豆苍蝇撅屁股嗡嗡叫着舔。人们连忙将他推出来，抬上岸，湿湿的汗衫还落有几片荷花的黄瓣、红瓣，他的老婆和孩子一路哭着赶来。那鱼叉，众人寻了好长时间方才找到，叉上还挂着条很大的红鲤鱼，已经不能动了。

老高的尸体，抬上岸时，突地从水中窜出一条黑黑的东西，"是水獭！"不知谁叫了一声，众人忙围堵，水獭很机灵，电闪一般便不见了。一阵风吹来，柳叶乱摆，荷塘的荷与花也在摆，圆圆的夕阳正在落山，血红，血红。

小媳妇找到替身了，有委屈的女人们心中松了一口气，可她为什么选择老高呢？他是男人，还那么有煞气，众人又奇怪起来。男人们又怕起来，警惕自己会不会是老高选择的替身，特别是那些喜欢寻花问柳的男人。

猎户异述

故事里，年画中，猎人总是那么英武威风，豹皮衣，虎皮帽，鹿皮靴，猎枪锃亮，装扮和行为举止都透出逼人英气。小镇唯一的猎户二皮子却没这种形象。二皮子姓皮，常常卖猎物皮，人以此名称之，喊混了，分不清二皮子还是二痞子了。二皮子生得不高大，算猥琐；长得不英武，算普通；举止无豪气，多痞劲；行为不爽快，多无赖。人厌他，也惧他。

丘陵地本无深山老林，也无沼泽湖泊，没有大的猎物，仅有竹园飞野鸡，荒野奔野兔，这原是二皮子的主要猎物，只是人进地退，这也渐渐少了。二皮子便盯上了狗獾子，狗獾子状似狗，比狗小，灵似兔，比兔大，牙齿锋利，皮毛油滑，在荒冈、竹林、河湾处生存，以野生动物为主要食源，家禽和小牲畜也偷袭，昼伏夜出，奔跑灵活，人很少见到它，镇外坟头林立的乱尸岗此物最多。这东西很会打洞，洞打得很深，住在洞内，藏在洞内，夜晚寻食时才出来。人说乱石岗的坟丘几乎被狗獾子掏空了，腐尸新尸当然也变成它们的美餐，因此，狗獾子肉很腥，一般人是不吃的，除了嫌味腥外，还忌讳它掏吃过人尸。只有二皮子全家吃，人说他全家人的痞劲、凶劲都是由此而来。

狗獾子身上值钱的是皮毛和油，一张狗獾子皮价格高过十几张野兔皮，狗獾油是治冻疮和烧烫伤的良药，捉杀狗獾子的二皮子因此小日子过得比一般人瓷实。

可狗獾子并不好捉，难见其影，奔跑很快，枪很难瞄准。挖陷阱，安夹子，下药物，这东西很容易识破，轻易不上当，二皮子捉拿它靠烟熏。在野外，偶见狗獾子影子一闪，二皮子便寻洞，不见狗獾子影子，他也时常带着孩子抱着木棍，拨拉草丛寻，时间久了，从粪便、爪印、地势地形，他琢磨出了狗獾子打洞的规律，一寻一个准。寻到洞，捉拿也难，洞很深，有进口有出口，进口堵住，又会从出口跑出来。有时二皮子待寻摸到进口出口方才动手，用备好的辣蓼枝干，还撒上了辣椒面，点火在洞口熏，有时还未发现出口便熏，看烟从哪里冒出，便知其是出口，在出口进口或布网，或安夹子，或挖陷阱，被辣味熏得受不了的狗獾子找洞口外逃，一捉一个准。二皮子捉狗獾子一般在晚上下半夜或黎明,这时狗獾子寻食归巢了,也累了，睡眼惺忪中被烟熏醒，迷迷怔怔中躲烟被捉，伶俐机灵劲都跑到九霄云外去了。

会捉狗獾，捉了狗獾全家有肉吃，卖了皮和油腰包鼓鼓的，这个不靠枪法取胜的猎人有些飘飘然，与人说话，唾沫星子乱飞，趾高气扬，大有老子天下第一的劲头。买东西认为自己吃了亏，小孩子与别的孩子吵了架，或敏感地觉得谁人说话对自己不客气，话中有话不尊重自己，都会记恨在心。谁家得罪他，这家等着遭殃，或看家狗被炸得掉了下巴，或鸡鸭被竹制的竹夹子撑住嘴进不了食，或鱼塘水田被人放了水，或大年夜对联被人撕了，甚或茅坑门前挖个坑，半夜上厕所摔一跤；大门窗台抹了屎，开门大晦气，如此等等下三滥，知是二皮子干的，人们也不敢追究寻闹，没证据闹不过他，有证据越闹报复越大。时长知性，自认倒霉，只好对他笑脸相迎，客客气气，更助长了他是个人物的傲慢，扛着一支少有兔子野鸡可打的枪，从街这头晃到街那头，眼睛长在头顶上。胆小的人家，忙唤孩子，"二痞子来了，关门！"

人惧二皮子，人还惧黄鼠狼，被人惧的二皮子也惧黄鼠狼。不知为什么那时黄鼠狼较多，荒野、树林、竹丛有，小院、屋舍也时而出现，黄鼠狼进门偷吃鸡，也偷吃挂在厨房的肉和好食品，人撞见了，似乎也不怕，大摇大摆，吃完或叼走，人近前，突地一闪，也不知跑到哪去了。眼睁睁看黄鼠狼叼走活鸡活鸭，也不敢拿棍子追赶，甚至骂也不敢，都说这东西报复心强，有灵性，能通仙，称之为"黄大仙"。据说惹恼了"黄大仙"，不仅喂养的活鸡活鸭吃完，更严重的是人睡着了，爬在你床上向你哈气，轻则让你做噩梦，重则让你一梦死去；要是附体魔上你，更是大病缠身，疯狂胡为。

熏狗獾子洞的二皮子竟然熏了黄鼠狼的洞！那天夜里，月光很亮，树影子的叶子印在地上，连叶尖都清清楚楚，雷公庙的旗杆清晰地刺向蓝天。二皮子一手拿着点燃的辣蓼枝，一手用扇子向洞内灌烟,不时把头躲开回绕冲向自己的辣烟,忽听土坡那边堵出口的儿子喊:"爸,爸!大仙,大仙!"他连忙抛下蓼枝、扇子,奔跑过去,一看,傻了:一只黄鼠狼被铁夹子夹住了腿,另有三只逃了过去,逃出的一大二小,离有几步远,也不跑,瞪眼看着那夹住的黄鼠狼,发出愤怒低吼的声响,夹住的正在苦苦挣扎,发出痛苦的叽叽叫声。二皮子忙跑近前,放开夹子的机关,夹住的黄鼠狼一拐一拐向站望的几只走去,二皮子连忙拉住儿子,向黄鼠狼连连作揖:"大仙恕罪,大仙恕罪……"四只黄鼠狼抱作一团,没受伤的三只舔吮受伤黄鼠狼的伤腿,吱吱示慰,回望一会儿两个喃喃祷告的作揖人,蹒跚而去,黑影子隐没在夜色的草丛中。

二皮子自此交上了厄运。几只鸡鸭第二天晚上不知不觉被咬死,脖子致命处现很小的伤口,第三天,那只机灵的看家狗叫了大半夜,清晨死在狗窝里,咽喉处又是一个血伤口,供的祖宗牌位被搬到厕所里,米缸掀开了盖,被拉了黄鼠狼的屎,水缸被撒了黄鼠狼的尿,灶台、碗橱,到处都是黄鼠狼的屎尿,屋里充满了刺鼻难闻的臊气和臭味。更让二皮子害怕的是:几天没捉到狗獾子了,明明看好的洞,辣蓼待点燃,夹子还未安放,旷野便传来几声尖尖的嚎叫,狗獾子从洞口突地窜出,有只从二皮子胯下穿过,扭头狠狠咬了二皮子一口,二皮子垂头丧气地捂着胯下去卫生院治伤。

晚上,二皮子夫妻俩唉声叹气半夜没睡着,迷迷糊糊中刚闭上眼，忽听有轻微的响动。凑着淡淡的月光看见几只黑影跳来窜去，柜上装鸡蛋的盒子被打开，正待跳起，几个影子齐刷刷地出现在床前，四只黄鼠狼后爪落地站起，前爪各抓两只鸡蛋，眼睛亮晶晶地盯着二皮子夫妇，尖嘴角的几根须毛在月光下看得见抖动。夫妻俩头皮一阵发麻，想喊喊不出来，想起来，身体仿佛被按住，半清醒半迷糊中这四只黄鼠狼转过身，屁股对着床，齐齐放了一个屁，屁声低低的，闷闷的，仿佛放完最后一点汽车胎气门的声响，又齐转身，站立着离去，背影像几个毛茸茸的小矮人。一股难以言表的臭味弥漫全屋，隔壁屋熟睡的孩子们也被臭味熏醒了，二皮子夫妻俩这时方才能动，跳起床的男女疯了！

疯了的二皮子有时穿个裤衩，光着膀子，有时甚至举着菜刀，到处乱跑；二皮子老婆整天痴痴的，口中流着白沫，莫名其妙地喃喃自语。二皮子夫妇被孩子们送到医院，医生也检查不出到底得了什么病，请来道士，屋里屋外转了一圈，说治不了，黄大仙不受道家管，镇魔的符对它们没用；请来巫婆，仙歌还没唱几句，一块石子砸来，正中巫婆的眉心，当场起了个大血包，巫婆不顾上仙的尊严，落荒而去。

狗獾子不能捉，断了生计，一家人痴痴傻傻，一下落入全镇最困难的人家。有年纪大的人出了个主意：让二皮子在家供上黄大仙的牌位，每天烧香磕头，向黄大仙谢罪，十天半月备一只鸡，系上红丝带，拴在院外的小树下，犒劳黄大仙。二皮子的亲戚和邻居照这样子帮二皮子做了,传说,没几天二皮子家从此安宁下来,夫妻俩的病也有好转。但两人的病怎么好的没人说得清,但从此夫妻俩成了全镇对黄大仙最尊敬的信徒,一提黄大仙,双手合十,牌位照常供,供鸡准时奉。只是,狗獾子不能捉了,镇上最后一个猎人消失了,二皮子挑个担子,贩卖些青菜萝卜小葱之类,对人也和和气气,整个变了一个人。街坊私下议论:黄大仙改变了二皮子,让他脱胎换骨。

二皮子夫妇的故事越传越玄,其实也就是一个传说。

普和尚和他的庙

和尚成为称谓，且不姓释而是俗家姓，便不是真正的和尚，普和尚便是这种人。

普和尚住在镇北小庙的庙后，被称为雷公庙的小庙因小没有和尚，普和尚自然而然负责管理。洒扫庭院、关门开门，侍弄菩萨，成为他的主业，种田反而成了副业。这小庙，修建年代很久了，有人说，有了小镇便有了庙，最早供奉的是关公，以后供奉雷公，再后又供奉观世音，没有释迦牟尼。如今，三座泥塑神像并排而列，不分大小，敬香的人各取所需。

庙很简陋，大殿三间，一字长条香案，门外场地有个大香炉，钟鼓是没有的，古刹寺院的晨钟暮鼓在这里听不到。庙的选址很好，坐落在街尽头小河旁边的一个高台上，高台很高很高，平平坦坦，站这里，全镇尽收眼底。临近小河是淮河的支流毛渠，淮水多泛滥，发最大水的年份，也仅淹及高台的腰，除了淹没自生自长的红柳、灌槐、野菊、杂草，危及不了小庙，河水汪洋恣肆时，迎河边的几株夹竹桃，红花闪耀，绿枝摇曳，五颜六色的野花点点，有槛外仙界的样子。冬季，高台下雪雨流下的水结成冰凌，灌木玉树琼枝，冰凌沿高台排排悬挂，似乎像电影中看到的昆仑山雪景。

普和尚的家住庙旁边，茅屋三间，披厦厨房一间，不远一个猪圈，门前逼仄，喂的几只鸡鸭只能到紧挨着的庙前场地放养，烧香的人常一边烧香，一边斥逐缠在脚边的鸡鸭。烧完香，拜过菩萨的香客也常去普和尚的茅屋讨一碗茶喝，唠叨几句年成。菩萨，不会施舍，庙里也没有功德箱。只是管理小庙的普和尚不仅仅是义工，庙前广场开阔地的边角，挖挖刨刨，也有一亩二三分地，普和尚种点蔬菜、蚕豆、葵花之类，算是补偿。庙前庙后也有几棵果树，结的果香客也可摘，但普和尚家终究摘食的多些，鲜果吃不完的也可卖点钱。隔几年，小庙需要维修了，自然会凑来几位茅匠、木匠、小工，修一修，普和尚负责张罗，管菜管饭，还有酒，样子是个东家。庙是大伙的，似乎也是普和尚的。

"文革"起，小学校的红卫兵首先来到小庙，砸了菩萨，掀了香炉，呼了一阵口号，贴了几张标语，撤了，几棵桃树的桃子被卷扫一空，连秋天成熟的梨、青果子也被扫荡，残果遍地。普和尚躲在家里没敢出来。隔不久，由校长带队，老师、学生浩浩荡荡来拆了庙，木头拉回去修缮小学校的房子，砖石拉回去铺小学校的路，香炉抬去废品收购站，进了炼钢的火炉，几棵大柏树也被伐了。小庙的场地剩下断壁残垣的废墟，普和尚多喂养了几只鸡鸭，多挖了些地种些花生、蚕豆、丝瓜。偶有老头、老太婆来，努一努嘴，来人悄悄地来，悄悄地走。不久，废墟堆积一堆香灰、彩纸，被人发现了，公社派几个民兵来，清扫一空，又贴上醒目的"禁止封建迷信"大标语，并找普和尚严肃谈了话，交代负责看管，不准人烧香，普和尚诺诺答应了。

庙的废墟果然没有人来烧香了。不久，有人发现了阶级斗争新动向，庙下的河滩地出现了一座小庙！庙基高台下地势陡然低兀，河边一片平滩地，涨水成河，去水成滩，无人调理，长满杂草、灌木，类似红心柳这种灌木不怕水，长得还很高，绿茵茵一片，高处还有农民种点豆子、胡萝卜，低处少有人来，是黄鼠狼、野兔、狗獾子和各种各样鸟的天下。不知谁悄悄在这里盖了个袖珍小庙，几块砖、几片瓦，用水泥灌了缝，中间放了一尊石刻的菩萨，那菩萨明显不是专业水平所刻，雷公不像雷公，关公不像关公，更不像大肚乃容的弥勒佛、慈眉庄严的释迦。菩萨不像，香火却旺，小庙前面被香灰堆满了，附近扔了许多包香烛的彩纸断片，残存的供果供物大约被野兔拖食，痕迹拖得大老远。公社毫不犹豫地组织民兵将其拆了，并开大会，将其作为"阶级敌人贼心不死""树欲静而风不止"的典型反面教材教育群众。

不料，小庙拆去没几天，不远处又出现一座，一模一样，无论是庙还是菩萨，公社又组织人平，又开大会，反复再三。公社组织人调查到底是谁干的，又采取蹲守战术，先不拆，现场捉，捉了几个烧香的老头老太太，仍不知是何人所为。后来组织民兵夜间巡逻，巡逻点扩大到这块杂草丛生的水滩地，才制止住新的小庙出现。

普和尚家盖新房了，在原地盖的。庙的废墟地基宽敞、平坦，可普和尚不敢在那盖，农民谁也不敢在那盖，庙基盖房，与神仙争地，是会断子绝孙的。普和尚的房盖得高大宽敞，特别是堂屋，空间留得大大的，还砌了个宽宽长长的案板，抹了细细的水泥面，农村称"供桌"，过去供祖宗牌位用，现在一般都请来石膏领袖像，旁边摆放金字闪光的"红宝书"。普和尚请的领袖石膏像比一般人家的大，大了三两倍，他是专门坐车去行署所在地请的，为此，引得人们来参观，生产队长还表扬他对领袖的尊敬与忠诚。

表扬没多久，有人反映，普和尚给领袖烧香，生产队长带人来查看，果不其然，普和尚在高大的领袖石膏像下，放着一个香炉，还摆着几碟供果，点着一对蜡烛，香烟缭绕，香灰已积半香炉了，普和尚恭恭敬敬地在拜，像当年敬神一样。这不是搞封建迷信吗？按说不容，看普和尚这么虔诚，将"三忠于""四无限"体现在行动上，禁止又不合适，生产队长没了主意，将此情况反映到大队，大队也没了主意，又反映到公社，公社没敢往上反映，讨论来讨论去，情、理、法都难找到什么依据，最后定下：冷处理！不禁止，不倡导。这样，便没人来追究了。

普和尚给领袖烧香带了头，也有家给领袖烧香，还有老头老太到普和尚家来烧,说是普和尚家的领袖像大,更灵。小屋有时候挤得满满的,好在普和尚的老婆和孩子在庙后人家长大,多年香火熏习惯了,看热闹久了,也不嫌烦。队上干部经过普和尚家门口,睁只眼闭只眼,因上级有指示:冷处理,不干涉,不倡导。

事情本来可以这样一直下去的,不料有一天,有位来他家烧香的香客,出于对领袖的崇敬,看到领袖石膏像上有些浮灰,主动找干抹布擦拭,小心翼翼地捧起石膏像,觉得很重,一拿开,呀!石膏像的肚子里装着一尊石菩萨,吓得手一抖,将石膏像摔在地上,这下闯大祸了,在当时是坐牢、杀头的罪,旁边的人谁也不敢隐瞒,摔碎石膏像的人被抓了起来,在石膏像肚子里装石菩萨的普和尚更是罪该万死了。

普和尚以"现行反革命"罪被处以极刑,菩萨也没能保佑他。听说,那座庙的旧址如今又建了庙,更大,有了正式的和尚,和尚是普和尚的儿子,在名山大刹受过戒的。

下辑 女人们

双黄蛋

起伏的丘陵地稍平坦的地方，称为"畈"，集镇大都坐落在这畈上。这个小集镇两排并列的房子构成一条弯弯的街，人都说像是猪身上的那条肋条肉。街北头有条河，街南头有个堰，堰是上下贯通的，小学校读过艾青的诗《大堰河——我的保姆》的语文老师以此论证这也是河。

河是长的，堰是圆的，长则弯曲，像条蚯蚓；圆则椭圆，像个鸭蛋。堰称顾大堰，似由上面流下的水结的一个瓜。堰水往下流的地势陡，落差大，修水利工程时，便建了一个水闸，枯水季，闸门关闭，留下一条缝，流水顺闸门淙淙而下，下面的小河长流不干枯，桃花汛期及整个夏季，上游山水来得多，堰便涨满了水，闸会放开，水推波叠浪而下，落差形成壮观的小瀑布。大的、小的鱼随浪峰而跌，糊里糊涂撞昏了头，翻着白白的肚子漂在闸下的蓄水池中，尚有生气的，试着冲浪跃闸门而难攀，附近的人拣了个便宜。

堰有源头，活水自来，有闸坝拦蓄，蓄水深深，岸边水中的生物生息旺旺，坝堤的树森森浓荫，水中的草萋萋茂长，浅滩长一片春绿冬黄的芦苇,夏秋季,成群野鸭和各种水鸟呱鸣飞来,栖息嬉游。附近农民喂养的鹅鸭,劳累一天的耕牛,还有累的闲的人趁着夕阳、晚霞来此洗澡。住在不远街南头的黄婆子喂的三只母鸭避开渐渐热闹的堰河,爬上岸,抖抖羽毛上的水,沿大路归家,仰头昂脖伸长大扁嘴,八字步蹒跚而行,大鸭掌敲击地面啪啪啪响而有节奏,一点也不怕南来北往的人。

除了猪,镇上喂其他牲畜的少;家有院子的偶喂三五只鸡鸭,那鸭也在院内关得紧紧的,称旱鸭子。只有黄婆子喂的是水鸭子。黄婆子是年轻时随丈夫来到这里的,丈夫早死了,没有孩子,是镇上的"五保户",平时纺纺线,做点针线活,补贴生活费的不足。还有,便是每年孵一窝小鸭,待鸭长大留下不多不少三只母鸭,散放进顾大堰,早放晚归。母鸭还是小鸭子时黄婆子赶送下水几次,待鸭嗓子还未换雏音便会自认家门了,黄婆子也不用管。

顾大堰鱼虾多,黄婆子的水鸭子吃活食,个头肥,生蛋多,别人家的旱鸭子生单黄蛋,黄婆子的鸭子生双黄蛋,那蛋比别人家的鸭蛋要大一半,蛋壳青绿青绿,磕开来黄澄黄澄,煮熟了油汪油汪,炒在锅里喷香喷香。鸭子优于鸡,生蛋有规律,从开窝第一个蛋开始,每天生一个,基本不落空,一般连生一百八十颗至二百颗左右。黄婆子三只母鸭生的双黄蛋惹得人眼红,她每天一颗一颗地将鸭蛋收好,小心翼翼装在罐子里,时不时还从罐子里取出来,用干净布巾擦拭净,凑煤油灯前照看,不知看些什么，有人说她是看鸭蛋有没有被公鸭淘水的，又有人说她是看着快活，好比守财奴在数钱。这些鸭蛋她平时舍不得吃，只有清明节前，头刀韭菜下来，她才会炒一碗韭菜鸭蛋，请要好的老太太分享，民俗有说法：这时间吃这菜，眼睛明亮。

攒下的鸭蛋，她给拌上稻草灰，撒上盐，装进备好的几个大罐子内，黄泥封上口，制成咸鸭蛋。黄婆子的双黄咸鸭蛋哪愁卖呢？一般都找上门来买，她不一次性卖完，精打细算地卖，每月用卖鸭蛋的钱买油买盐，零用开销，从未见黄婆子手中饥荒向人借过钱。

养旱鸭子的人家，有的也想学黄婆子放自家的鸭子去水里养，却成活率太低，小鸭子不是被水草绊住脚掌淹死，便是被野物吃了，还有的水闸放水时，像昏了头的鱼一样，顺闸水而下摔死，或是归家时被来往的车、人碾踩死，偶有活下的鸭，生蛋的生物钟总是没规律，早起家里没鸭蛋，晚归屁股眼一摸是空的，大概白天憋不住在堰河里生下去了。堰中间有个土堆岛，长满茅草，经常丢有家鸭、野鸭生的蛋，游水的孩子常拣蛋，养水鸭的人家算一算不划算，还不如在家养旱鸭子，放心收获单黄蛋。私下眼红议起来，不知黄婆子怎么将鸭子侍弄得这么听话，这么能躲过七灾八难。

议论多了，猜测的神话便也多了。有人说，黄婆子出生、生活在江南，水乡都擅养鸭子，像故事讲的山里人通识鸟语一样,黄婆子通鸭语哩!还有人说,黄婆子丈夫当年便是"放湖鸭"的。放湖鸭,是指人赶一群鸭子流放觅食,人随鸭子四处漂泊,日夜生活在野外,是极苦的一种活计。放湖鸭的丈夫年轻时在黄婆子家乡附近放鸭,小姑娘时的黄婆子看中他,瞒着富庶水乡的父母,随丈夫私奔到这个镇上,怕娘家人追踪知晓,丈夫便从此不干这个营生。可靠的佐证是:几十年来,谁见过黄婆子娘家来人?什么时候见黄婆子回过娘家?大家想一想,倒也是。

更邪乎的说法:黄婆子的丈夫是在顾大堰洗澡淹死的,那天在场的人亲眼见到离奇之事,几只浮游的野鸭不远不近在黄婆子丈夫身边绕来绕去,他忽发奇想,试着潜水去拽浮游野鸭的脚掌,不料潜进去人却没浮出来。两人感情深,死鬼丈夫在阴间保佑黄婆子和她的鸭子,年纪大的人觉得这说法也合理,丈夫死时黄婆子才三十多岁,条件也不错,却不嫁人,也从未传过她有什么男女是非之事。

还有更新奇的说法:黄婆子娘家是水乡南方放媒鸭的,这"媒鸭",是指寻到野鸭蛋,人工孵化成鸭,喂养成家鸭一般听话的野鸭,撒到野外,张网以待,经过驯化的媒鸭看空中野鸭群飞过,嘎嘎唤叫,因媒鸭都是母鸭,这叫声便是求偶的语言信号,野鸭阵中正值青春的小公鸭以为有情鸭在召唤,毫不犹豫地脱离大部队而飞下,还未待叙上情话,立即落入人早布好的网。将天上飞的野鸭驯化成乖乖听话的媒鸭,这似乎比玩大把戏的将吃人的老虎驯成听话钻火圈的老虎还要难，是大本事哩！黄婆子世传家教，习鸭性，知鸭事，野鸭都驯得好，驯这家鸭还不是小菜一碟？从没见过媒鸭事的当地人试探打听过这事，黄婆子总噤声不语。

令人不解的是，每年总有那一天的晚上，夜深了，人静了，堰河也静悄了，黄婆子挎上个小竹篮，里面装有一沓黄表纸，一碗炒香的米，几个自制的鸭蛋壳蜡烛灯，来到顾大堰。在那棵伸至堰中的歪脖子树下，点燃黄表纸，看那燃纸的灰烬在水面飘飘散落，灰烬闪着星点点的亮光落入雾蒙蒙的水面，夜游的小鱼抢食追逐，溅起水花波纹，又撒了炒米，激起小鱼更欢地追逐，看一圈圈的水波撑开靠岸，消逝在岸堤啪啪的轻语中。

待水面又平稳了，她点亮自制的鸭蛋壳蜡烛灯，这灯，是她清明节前吃鸭蛋炒韭菜留下的鸭蛋壳，只敲开一个洞，倒出蛋清蛋黄，灌注进蜡烛油，安进了一根棉线捻子，亮的灯卧在鸭蛋壳中如坐进小舟，随水漂着，向堰中漂去，似莲花，似萤火虫，黄婆子双手合十，口中嘀嘀咕咕，不知嘀咕着什么，有夜鱼在灯旁摇一摇尾，灯晃了晃，并不灭，反而顺鱼尾扬起的波漂得更远；远处的芦苇丛栖息的野鸭有惊飞的一两只，呱呱叫几声似乎在换巢，扇翅和叫声在寂静的夜空水面显得格外清脆，芦苇丛也仿佛刮过一阵风，片时倒伏，簌簌作响，有胆大的鱼也凑热闹，跃出几条，落水带过水面一团更大波浪，助推越漂越远的鸭蛋壳灯隐进夜色中。

如遇明月升空时,月光将黄婆子的身影在水面拉得老长老长。眨眼的几颗星在黄婆子的倒影里点缀闪亮,远的视线已分不清哪是星星的倒影,哪是即灭的鸭蛋壳灯了。

那一天,不是清明节,也不是黄婆子死去多年丈夫的忌日。

放鹰

小镇多卫道士,男女偷情之事为人所不齿,男人偷女人,女人偷汉子,被人议论起来往往抬不起头,谁家男女被捉奸在床,更是闹到公社。男人不闹,女人不哭,更被人看不起,闹过哭过事情便完了,但从此这家便被打上不正经人家的印记。但有两种事可以原谅,靠此为营生的"小磨子"之类的半开门,没人指责,女人"放鹰"也觉正常。

镇上大多无业者,生计艰难,由于居住街上,为乡下人所羡慕,从乡下娶的老婆一般都是漂亮姑娘,父辈一般有点余荫,婚事风风光光地办,待父母辈离世,娇生惯养又无一技之能,日子便越过越艰难,媳妇难养活,有三两个孩子更糟,女人只好时常去"放鹰",这事三年自然灾害后更为兴起。"放鹰"即女人外出,短则十天半个月,长则三两个月,两手空空出去,满满收获归来,名之曰:走亲戚、捡麦稻、拾柴火,或北或南,放飞一圈,见怪不怪,街坊们还称这家女人能干、顾家,秦二的媳妇便是一例。

秦二是那种街上最没出息的人之一,虽生得五大三粗,但有些呆头呆脑，没干过什么正规营生，好在父母留下几间还算体面的房子，又给他娶下一房漂亮的媳妇，生下两个儿子，买了一辆架子车，有时给供销社、商店或私人摊贩拉拉货、卸卸货，挣个仨瓜俩枣养家，这生意不固定，干这活也不止他一个人，故过得饥一顿，饱一顿。三年自然灾害时，那时还没孩子的媳妇在外飞了一年多，带回一些钱、粮，过一阵子较宽裕的日子，方才生了两个孩子。四张嘴吃饭，生活更是艰难，媳妇时而还飞，飞了又回。媳妇飞时，秦二安心在家带孩子，有人问孩子："你娘呢？"孩子答："走亲戚去了。"大家心知肚明，不取笑。

可这次，秦二媳妇飞得时间长了些，半年多没见回来，多事的人便时常问问，问的多了，秦二也耐不住了，委托亲戚照看一下孩子，拉着架子车独自一人进了山，说是进山去拉柴火，又有好事的人议论：秦二去找媳妇去了，这次"鹰"飞了没回来。

小镇属丘陵地区，紧挨山区，产粮不产柴，当地人烧的柴火，盖房子、打家具、做棺材的木料都得去山里拉，去山里拉柴火也是正当的理由。山里产柴火、木材，畈上产粮食，山里人钱多，畈上人粮多，吃的烧的互为流通。秦二这一去，大概有一个多星期，在一个黄昏，秦二归来了。他在前面拉着架子车，媳妇素面整齐地伴在他的旁边，发簪还插一枝香香的兰草花，两人亲昵地有说有笑，不时向遇到的人打个招呼，这时人们方发现，车上还坐着一个人。

到家了，两个孩子迎上来，秦二媳妇掏出两只棒棒糖给孩子，秦二放下架子车，架子车上坐的人下来，秦二媳妇忙让孩子喊"表舅"，来人忙亲热地抱抱这一个孩子，拍拍那一个孩子的脸蛋，掏出两个小红包，一个孩子接过一个，两个孩子欢天喜地咬着棒棒糖上街炫耀去了。接着，女人做饭，男人去打酒，招待客人。

掌灯时分，喜好热闹的街坊来到秦二家，秦二全家已吃过饭，秦二媳妇正在厨房忙着涮洗，秦二和来客，一人一碗茶，一支烟，面对叙话。秦二向来的街坊介绍来客：孩子他表舅。

来客忙站起身，人们方才发现，客人腿不太好，还少了一只眼睛，人倒蛮精神，精精瘦瘦，细条长个，两只眼睛不大，瞳仁闪闪发光，说话慢条斯理，十分和气。

几句客套过后一阵闲谈，街坊们知晓客人的底细：来客家在山野的鲜花岭，是山民，姓杨，是秦家媳妇的表哥，三年自然灾害时，救济过秦家，平时对秦家也多有帮助，光棍一个。今年因山区修水库，炸石放炮，被飞石炸断了一只胳膊，还炸折了一条腿骨，这几个月来，秦二媳妇一直在那里照顾他。街坊仔细看他搂起袖管，让人看他的断胳膊处，搂起裤管，看他的腿骨碎处，令人忍不住叹息、安慰。镇上人都知道鲜花岭这个地方，深山密林，鲜花盛开，特别是春季，那满山的映山红一丛丛、一片片，漫山遍野，十分漂亮，还有兰草花，遍地飘香。

拉木头、拉柴禾、拉炭，镇上许多人都去过，那里的板栗特面，山楂特甜，还有人说，那里的姑娘也特水灵，因水土好、空气好。

秦家媳妇在厨房也忙完了，端出一盆热水，当着街坊和丈夫的面，大大方方地拧出热毛巾，递给表哥，表哥也不客气，用那只健康的手抓住毛巾在脸上擦擦，秦家媳妇看没擦干净，忙帮着扯过毛巾，将他额头的一块污垢擦去，又顺手用手指理了理他额头一撮凌乱的发，接着，洗毛巾，倒水，又端来一盆水，将表哥的袜子脱去，拽表哥的双脚放热水盆内，弄得表哥很不好意思，秦家媳妇很自然，秦二也很自然。孩子们在外疯还未回来，街坊们知趣地告别了，秦二媳妇热情地给每人抓了一把小毛栗，带给孩子们吃，那毛栗黄澄澄，香喷喷，一看便知是正宗山里货，镇上摊子难见的，大家连连告谢而别。

老杨在秦家一住十几天，有人见他时而挟着扫帚扫院子，没事时晒晒太阳，秦二去外忙时，秦家媳妇也陪他在太阳地说着话，开始几天，偶尔有街坊来，与老杨谈谈鲜花岭，谈谈他的胳膊，秦家媳妇在一旁听着，时而插上一两句话，渐渐人们不再来了，偶有人从秦家门口过，秦家媳妇热情地喊一句："来坐坐？"路过的人匆匆而走，"不啦，忙哩！"秦家媳妇讪讪的，站一旁的老杨也讪讪的。

有天晚上，秦家小屋传来争吵声，是秦二和他媳妇的争吵，秦二吼："难听，人说王八头哩！"媳妇回应："谁说的，谁说的？我撕他嘴，关他什么事？人家这些年帮我们还少？"……

第二天，老杨走了，走时天还未亮，秦家媳妇送的，一直送到通往山野的公路"0"字公里牌，看到的人说，秦家媳妇哭得很伤心，死死拽住老杨的空袖管，那袖管，怕是都湿了！

不久，秦家媳妇也不见了，再也没有回来，秦二去鲜花岭找了几次，都是一个人回来的，又带两个孩子去找了一次，带回一个孩子，再也不去找了。每年，秦二都会收到一个邮电局寄送的包裹，有板栗、茶叶等，都是正宗的山里货。镇上的丈夫、婆婆们对女人放鹰多了警惕，严了束缚，怕放飞了！

黄莺儿

　　县政府下面是区公所，区公所下面是公社，公社设在小镇上，一个两进的四合院，白天大门开着，晚上大门关闭，门正对着街道，白天可以自由进出，穿过公社的院子，从后门出去上全镇唯一分男女的厕所，或者去全镇唯一吃水塘挑清水，看一看烟雾缭绕的会议室里公社干部们吵吵嚷嚷开会，闻一闻公社食堂中午烹炸煎透出的香味，充满神秘和向往。拣烟头的孩子可以在会议室开会的干部膝下钻来钻去拣烟头，干部不管。

　　后来，上面拨了钱，在街外乱坟场平了一片坟地，修建了几座砖墙瓦房，搬到那里，毁了一片小竹园，填了一个荷叶塘，修了一条机耕路，方才正正规规地成了个衙门。搬的理由，除了更宽敞外，更重要的是，来公社办事的、吵架讲理的、夫妻闹离婚的多，经常围一摊人看热闹，影响公务，也扰民。

　　新公社所在地的乱坟岗原来很荒凉，密麻麻堆满大大小小的坟，有片稍平坦的坑坑洼洼地，长满了杂草，人说那过去一直是刑场。小镇过去很繁华，民国时，红军、蒋军，嫡系、杂牌来来往往拉锯战，都在这里杀人，人杀了，随便一埋，或不埋，扔那里喂野狗，便引来成片成片的乌鸦，聒噪个不停，人便称"老鸹岭"，老鸹是乌鸦的土名。传说老鸹岭闹鬼的事多，除了放牛的孩子，平时少有人去。夏夜，常见绿荧荧的飘的"鬼火"，尤添恐怖。一般人家是不敢在这盖房的，公社是官衙，不怕，挖地基的工人刨出过白骨、骷髅，直咋舌。公社盖房仅削去乱坟岗的一个角，官衙还是有煞气，自打公社搬来后，鬼火极少见，乌鸦也少多了。

搬到这里后，公社清净许多，即或有吵架、说理、闹事的，没了闲人围观，少了几分胆气，干部们可以从容地劝解、训斥，开会保密也方便了，有事无事叫嚷"到公社去"的人有了几分胆寒。也有不顾忌的，如荣退残疾军人，对革命有贡献的遗孀等，追过来，门岗不敢拦，干部不敢阻，点名找书记、主任，或堵住会议室叫、闹，不达目的不罢休，书记对此头皮发麻，最难缠的是一位姓黄的老太太。

这老太太，谁也说不清她有多大年纪，有人说六十多，有人说七十多，有人说没有那么大，顶多五十多，可按她的经历算，一九二七年大革命失败时结婚，如今应该有六十多岁了。她身板硬朗，个子高高，嗓音洪亮，满头白发葱根一般，密密浓浓，粗布青衣，干干净净，半大"解放"脚，裹布缠腿，走起路来，噔噔地似小跑，精气神十足。常年手拄一根枣木棍，红紫紫的，几句话不顺心，惹毛了犯急了，劈头棍子砸下来，虽不打头、打脸，打在身上，也够疼的。

她来公社，不沿着街后的机耕路，而是在街上绕一趟，有时吃块火烧馍夹油条，有时买点针线之类，主要还是沿途与人打打招呼，人们恭恭敬敬地问好，她咋咋乎乎回应，都知她又要"上公社"了。

黄老太在街上一出现，马上会有眼线报告公社，书记忙放下手边的活，骑上他的"飞鸽"牌自行车开溜了。待到一路招呼满面春风的黄老太进了公社大门，几个勤杂人员客客气气，笑脸相迎，一口一个"老革命"，簇拥她到会议室，端茶倒水招待。食堂的炊事员秀秀热情留吃午饭，特意将肉煮得烂烂的，怕老太太牙口不好。等不及，她犯急，"××（指书记）呢？""下乡去了。""怎么还没回来？""领导忙。""这龟孙子！"枣木杖击地咚咚的。听她敢骂书记龟孙子，这些人想笑，但没敢笑出来。如果天色晚，她还没有走，门岗会拦住从外回来的书记，书记只好悻悻地出外打野食去，避免与黄老太碰面。黄老太因此威风，镇上人称其为"佘太君"，那根木杖成为上打君下打臣的"龙头拐杖"。

干部们惧她，更多有敬她，怜悯她之意，知其身世的都觉得这个老太太确不容易。不知她从哪里嫁过来的，婆家是当地一个殷实大户，公公当初为培养儿子去外面读书，卖田卖地，据说这儿子，即黄老太的丈夫，是方圆几十里唯一的大学生，还上了黄埔军校，黄老太的公公催儿子回来，给他办了婚事，年长的人说，黄老太的丈夫回来完婚时，骑着匹大白马，挎着盒子炮,一身国民革命军人的装扮,皮带扎得齐齐的,封领扣扣得紧紧的,英俊、潇洒、威武,引得全镇人驻足围观。旧式的婚礼很隆重,光染红的花生就撒了几大担。没想到洞房花烛夜,正赶上国共分裂,有人来报告消息,新郎官只好与新娘子匆匆而别,连圆房都没来得及。

从此,黄老太在家谨守妇道,本本分分地侍候公婆,盼望丈夫,这一盼,便盼了几十年。公婆死了,她这位"红属"经历的磨难可想而知了。但她不外逃,不改嫁,一直在等她的丈夫归来。

新中国成立后,许多外出没音讯的人回来了,不少还当了大官,她的丈夫却一直没有回来,有人说可能牺牲了,有人说可能又娶人了,但总没有音讯。许多人劝当时年纪还不大的黄老太改嫁,却被她一口拒绝,乡下女人认死理,生是黄家的人,死是黄家的鬼,因此便守着老宅子,独自一人过日子,等着她那没圆房的丈夫。民政部门也发函查询过,都没有确切的消息,只知她的丈夫是黄埔几期的,后在红四方面军当团长,是死是活,现在哪里,没了结果。本来民政部门要给她烈属的优抚,她偏不同意,硬要享受军属待遇,理由是丈夫还活着,死了在哪死的呢?没有准信。虽说烈属的待遇比军属高,她也不愿意要烈属待遇。

早些年,在互助组、合作社、人民公社时期,黄老太那时还年壮,她都是积极分子,还当过几年妇女队长,渐渐老了,脾气越来越大,生活上常常有不如意的事,找生产队,找大队,找公社,甚至还拦过县、地区大干部的车子,按说各级对她的生活还算照顾,能多给的多给些,她也心知肚明,生活本来没什么困难,但她却好施仗义,时常周济别人,这便没个底数。钱给她,很快花完;粮给她,很快吃完;物给她,很快发完,弄得生产队没办法,大队没办法,只好往公社推,时间长了,她也摸出门道,找就找大干部。历任的公社书记,刚来都同情她,渐渐烦她,后来便惧怕她,有什么办法呢?有人形象地说,老太太是豆腐掉到青灰里,拍不能拍,打不能打,只有哄,越哄越是谁都不怕,何况,丈夫是真真切切的老革命,她这一身孤苦,确是不易,按她常骂公社书记的话说:"哼,俺老黄革命的时候,你们在哪?沟里摸鱼哩!"

这里过去是红四方面军的根据地,张国焘带人南下时,损失惨重,流落失散的人多。那些年,为历史问题,外调的特别多。有一次,从广州那边来了个外调的,公社秘书负责接待,这秘书是个心细的人,从材料发现被外调的人也是黄埔×期的,与黄老太的丈夫恰好同期,又是红四方面军的,便将此事汇报给公社书记。书记眼睛一亮,马上安排秘书函询一下黄老太丈夫的下落,此人也许知情,是死是活,现在何处。盖上鲜红公社大印的函询件由外调人带回去。

不久,印有"中国人民解放军××军区"大红字的信封寄到公社，秘书一阵激动，没敢妄拆，等晚上书记回来，便送过去。书记听此也很激动，顾不上吃饭，颤抖的手亲自拆去信封口，戴上眼镜，仔细看那一页简单的公函，秘书发现，书记看着看着脸色渐渐变了，裂开的嘴抿紧了，张大的眼眯缝了，看完，几分钟没说话。

秘书没敢问，也没敢走，站在那里，等书记愣神过后发话，当秘书的早知书记的秉性。

书记将信函摔在桌上，叹一口气，"操，改字派！"秘书拣走信函，看了，明白了。熟悉党史的人知道，受苏联"肃反"影响，当时中共苏区也开展"肃反"运动，重点抓"改组派"，下面俗称"改字派"，红四方面军斗得尤为激烈，被揪为"改字派"的人，轻者被关，重者杀头，斗争会上，有人刚刚批判别人，自己又被人揭发，当场绑了被别人斗，弄不好还掉脑袋。这坟岗，当年便埋过不少"改字派"。

这封信函说，已成大领导的人当年与黄老太丈夫是同期同班的同学，又同时分派到这块根据地，黄老太的丈夫后来是团长，他是政委，黄老太和丈夫结婚的事他知道，洞房花烛夜分别他也知道，他看过黄老太的照片，新娘子很漂亮，黄团长也常常惦念她。后来，黄团长被当成"改字派"处决了。他因为同情这位未圆房的新娘子，没有将这消息通知乡苏维政府，老军人还特地在信函后做了自我批判，说自己当时年轻，思想改造不好，有小资产阶级温情主义等等。

怎么办？此事一公开，黄老太别说当"佘老太君"了，怕是又得戴白袖章批斗。书记和秘书沉默了很长时间，对视了一阵，小语了一会，两人绷着脸，咬着牙做了个决定：此事保密，谁也不说！

仅仅透出的消息是，众人知黄老太还有这么个好听的名字：黄莺儿。过了几天，公社让民政部门给黄老太的军属牌换成了烈属牌，并告诉黄老太，她的丈夫牺牲了，牺牲在一九三七年红四方面军撤退时，并让人在老太太的烈属证上端正地写下"黄莺儿"三个字，看到自己的名字出现在红红的烈属证上时，黄老太哭了，书记、秘书眼也红红的。

改革开放后，为错打成"改字派"的人平反时，黄老太已不在人世了，人们才知晓当时的公社书记和公社秘书两人压下的这个秘密，都说：这是两个好人哪！

花娘子

花娘子娘家姓花，婆家姓陶，三个女孩，名花儿、叶儿、果儿，大了都嫁到农村去。那时，农村女孩嫁到镇上的多，镇上的女孩嫁农村的少，有言：修行十辈占街头，修行九辈还在街后头，像花娘子家这样，极其少见，且都是母亲花娘子的主张，不是她的女儿长得丑，在镇上嫁不出去，恰恰相反，一溜儿美人坯子，镇上提亲的人家很多，追求的小伙子也很多，花娘子固执己见，女儿都听她话。

花娘子是过过好日子的，丈夫陶山原是布织得好的机匠，后来在供销社工作，过手粮油盐、烟酒布，有固定收入，那时风光无限。直到有一天贪污事发，突击搜家，屋里院内挖出一匹匹的布料，一罐罐的糖油，甚至有罐制作月饼用的甜甜青红丝，被单、被套、枕套，还有小孩子棉衣内，缝夹第二套人民币属大额的一元、五角，最少也是二角的币钞。陶山五花大绑去劳改，不久死在劳改农场，花娘子一家的生活，从高峰跌到谷底。

花娘子没再嫁人，拉扯三个女儿长大成人，除公家少许的抚恤、补贴外，生活全靠去附近农村寻摸，午季拾麦穗，秋季拾稻穗，红薯刨了拾红薯，花生收了拾花生，平时烧柴在柴火市场拾，吃蔬菜到菜市场拾，女孩子一个个从小在人群堆里拾烟头，垃圾堆里拾破铜烂铁、破布鞋帮，卖了换钱。大收是麦、稻、棉三季，那时割麦、割稻都是手工，社员对生产队的活计漫不经心，遗穗不少，镇上的妇女孩童一般都去农村拾，但都没花娘子家的这支娘子军拾得多。人说她家大人孩子胆子大，脸皮厚，说什么难听话都听着，趁社员不留神从稻麦摊里拽一撮，又是孤儿寡女，也就睁只眼闭只眼，成果大部分实际靠"偷"。这偷严格讲来不恰当，但去扯棉桃却是名副其实的偷了。扯棉桃是当地人心照不宣的规矩，棉花结了桃，镇上人可在晚上去棉地扯，不得带工具，壮年男人不能去。只要天晴，花娘子带着三个女儿乘夜踏露而去，开絮的白桃和青绿的青桃，人人装满一兜襟，满载而归，在她那小院内晾晒白花花的棉花，卖给供销社，有钱有布票，全家穿的衣服全靠这了。

四口人有商品粮供应，加上拾穗弥补，家里倒没断顿，比镇上有些凄惶的人家似乎还好些。真的遇到青黄不接时，还去麦田里剪皮包浆的麦穗头，用盐油炒炒充饥。勤劳的农民在河湾、大田坡坎种有南瓜，往往离家远，又没人看管，也成为花娘子一家偷的对象。小院墙角挨着堆一堆黄的青的南瓜，当饭又当菜。县城附近的城西湖是军垦农场，种满了大豆，机械化收割，听人说北方许多人收割期去拾豆子，花娘子带着几个女儿也去过几次，每次四个人晒得黑黝黝的，拉着一小板车豆子，卖给豆腐店，成了全家的大收入。

对花娘子母女这种"偷",镇上人道义上是默认的,因她偷乡下不偷镇上,偷吃的不偷其他,且偷有据,拾穗、扯秋,合乎风俗习惯。再说,这一家也不易,很少见花娘子家割过肉,买过豆腐。在菜地拾的烂草皮,挖别人不要的白菜根,洗洗,晒干,腌几大罐,用拾的黄豆、麦子晒两大盆酱,便是全家一年到头的主菜。过年,买个猪头;过节,买副羊杂碎,有肉有汤算是开了荤。

她很会计划,粮站米场碾米时,有许多碎米,一斤大米可换三斤碎米,花娘子经常买碎米,回家用磨碾碾,给孩子做米面馍;供销社卖布,往往有碎布头,做什么都不够,便宜免布票卖,她也买回来,让孩子又在缝纫店捡些当垃圾的碎布条、碎布块,花花绿绿拼成衣服、被单,各种图案拼图反而很好看,羡慕得有些孩子吵着让家长也做一件。

几个女儿都孝敬母亲,母亲管教也严,她家女儿几乎晚上从不去外玩、疯,吃过饭,干完活,洗洗早关灯睡觉。发现哪个女儿与小男孩玩在一块,马上喊回家分开。大女儿上高年级时,收到一位男孩的信,花娘子闹骂到男孩子家,逼得男孩和家长登门道歉,断绝关系。大女儿大了,供销社主任请人来给儿子提亲,花娘子不允,将女儿嫁给了十几里远的一个生产队长;二女儿大了,公社有个干部来给儿子提亲,她又不允,将女儿嫁给了大槐树村一位农户儿子;三女儿在县城上了中学,小学校长的儿子看上了她,请人来说媒,她仍是不允,女儿随城西湖农场一个当兵的复员去了北方农村。搞得镇上人很不解，说花娘子脑子让驴踢了。

好事的人说，花娘子让当年丈夫的事闹怕了，有人又说，不，她是这些年来饿怕了，更有消息灵通的人说，你们说的都不对，花娘子嫁三个闺女是感恩，大女儿嫁生产队长，是她每年都去那生产队拾麦穗、稻穗，生产队长对她不薄；二女儿嫁给的大槐树农户，多年在生产队看望棉花地，花娘子全家去扯秋，好几次被捉住，农户手下留情；三女儿嫁的当兵人，说得更玄啦，花娘子母女去城西湖农场捡拾豆子，小当兵的看见母女艰难，多有关照，拉豆子回来的小板车，还是当兵的送的哩！究竟是不是这么回事，没人去问，花娘子也不说。

三个女儿都嫁出去了，孤身一人的花娘子哪个女儿那也不去，镇上"五保"，她仍保持那个习惯，午季去拾麦子，秋季去拾稻子，扯秋老了不能去了，直至老终。

石榴花

镇上房屋的格局，一般是一至二三间门面房，紧挨称厢房的三两间，有个小院子，后面横个厨房，开个后门，通街外。这当然是老住户有固定生意或手艺的人家有。有些情趣的人家，也会在院子里植一二棵树，种几株萱草、芭蕉之类，喂鸡、旱鸭子的多，有了牲口，树和草便糟蹋了，乱糟糟、臊烘烘的。顾家小院没喂鸡鸭，干干净净，院内植的是棵石榴树。

顾姓是开创这小镇的元老户，很久以前是以此姓命名小镇的，后来镇上住的姓氏多了，大姓也走马灯似的换，不知以何姓命名为好，有位老先生折中以"山南"命之，延承下来。到了近时，顾姓仅顾天这一家了，顾天顾地两弟兄，分家时顾地分了店面，摆了个窑货摊，顾天分了厢房，住后院，两家共用后院的厨房，那店面中间一间，也是全家共用的通道。顾天十几年都没出过门了，因他是个肺痨患者，且很严重，生活靠商店一份病退薪水养着，媳妇侍候着。

顾天的媳妇是从乡下嫁过来的，生孩子不久，丈夫痨病便严重了，卧床十几年，拉扯个孩子，端茶端饭，倒屎倒尿，从不嫌烦。痨病患者成天咳个不休，咳着浓浓的痰，气味难闻，有时还吐血，光那味道一般人都适应不了。顾家媳妇还是个俏媳妇，五官清秀，乌发浓密，胖瘦得体，从不涂脂抹粉，整整齐齐，四季衣服，黑白二色，从没见什么彩头。顾地一个人，成天在店面坐着看卖窑货，生性执拗，脾气也坏，没有朋友，除了来买窑货的零星顾客，没什么人来与他搭讪，坐在那里，人说像个"夜壶"。后门关闭得严严的，外人很难进入小院，偶有买窑货的顾客瞟一眼院里的石榴树，间或闪过顾家媳妇忙碌的背影，再就是听到顾天急喘大咳的声音。

　　顾天原先是镇上的能人，打得一手好算盘，堪称镇上第一，在商店当会计，经手的账目从未出过差错。可惜英雄也怕病来磨，十几年来这么不死不活地拖着，苦了自己，还拖累了媳妇。顾家兄弟的父亲原是镇上的狠角色，又读过几年私塾，将两个儿子起了"天""地"的名，老一辈人说，这名字起坏啦！天地太大，太冲，顾家拿不住，反而没有好命。听偶去治病打针的医生说，顾天整个人看起来像个骷髅，脾气还暴，动不动冲媳妇大吼，踢翻痰盂，急眉赤眼喘不过气，媳妇低眉顺眼安慰，也不敢回嘴。她省吃俭用，保证病人顾天每天吃一个棉籽油炸鸡蛋，都说这东西可治痨病，可吃了十几年，也没见好转。

　　顾地三十好几了，也未结婚，说了好几个，女方都没同意，原因是他脾气暴，脸上幼时长疮，留下个大疤，其貌不扬，特别是两只大眼，生起气来，瞪得牛蛋大，特别吓人。又加上像他哥哥一样,也有痨病,面前放个痰盂子,成天咳咳喘喘,虽没他哥哥那么严重,但看他哥哥那样子,相亲的姑娘没勇气一辈子守个病人。几次相亲失败后,顾地也不让人张罗了,成天守着他那夜壶、瓦罐之类的摊子,帮帮嫂子做些抛头露面的事,嫂叔相处还和睦。多事的老太婆们私下议论:顾地在等哥哥去世后,娶他嫂子哩!顾天的油灯熬尽了头,嫂子也没嫁给顾地,靠着顾天的抚恤金拉扯着儿子,仍是在小院内忙着,从顾地窑货店穿堂过,静静地、悄悄地,过着日子,没有响动,没有新闻。每到清明,顾天媳妇带着孩子去上坟,供奉物还有盘棉籽油炸鸡蛋,多喂了一条狗。

谁料惹事的是这石榴树。石榴树难存活,栽这树的镇上没几家,顾家这棵树年代最久,旺旺成一大蓬,不断伸展的枝干密密成丛,粗的枝干有碗口粗了。石榴树不是育苗栽种,而是压枝生根,用石头压一根枝条,在土里生根便是一棵树苗,多有人家向顾家索要石榴苗,顾家媳妇也不吝啬,每年都送人好几棵,但栽活的少。石榴还得石头压,围根堆一堆,方才长得茂盛,结果多。顾家的大石榴树根部已压有一大堆大大小小的鹅卵石,被雨水冲淋得光滑锃亮,每年枝上挂满了红黄澄清的石榴,更好看的是石榴花,丹红滴血,挂在青枝翠叶中,配上红嘴张开,青翠诱人宝瓶似的石榴蓓蕾,虽不香,但耐看。石榴的花期还超长,开了一茬,又生一批,怒放的鲜花和含苞的蓓蕾共生一枝,花谢又生,有生有谢,从春天盛开到秋天。风吹起,离枝的石榴花往往飘向小院外,落地还那么红红的鲜艳,捡起来，放几天还不枯萎，小孩子们往往在院外捡一朵，摇着把玩，看着渐渐比院墙高的绿枝缀红石榴树，玛瑙般晶晶色红的石榴果，羡慕不已。

某日黄昏，一群孩子正在顾家院外捡石榴花玩，"街痞子"老六走过来，好像刚喝过酒，逗小孩子们，抢石榴花玩，孩子说：抢我们的花有什么本事？有本事你去摘！摘？老六看院内的石榴树伸出一枝摇曳墙外，蹦跳去摘，够不着，逞能地手脚蹬墙缝攀上墙头，手刚触到石榴树，老朽的墙突然坍了两块土石，掉进院子里，响动很大，小孩们都吓跑了。刚落地，顾天媳妇一声惊叫，大黄狗连叫带吼扑上来，顾地也从前屋跑过来，狼狈的老六顾不上解释，只顾抵挡扑上来的凶狗。愤怒的顾地高声喊人，左邻右舍围过来，几个小伙子扭住被狗扯得衣破腿伤的老六，他的头又被顾地用棍打出几个包。

这下可热闹啦！公社人保干部审老六，又喊来顾天媳妇和顾地询问，围了一圈大人孩子看，小镇人绘声绘色地猜测、演绎这件桃色新闻，说得活灵活现，越来越有料。顾地一口咬定，老六是跳墙强奸，被狗堵住的，看嘤嘤抽泣的嫂子与自己说得不符，喘着粗气斥责："怎么？守不住啦？想男人啦？篱牢犬不入！"看过《水浒传》的顾地急中冒出书中这句经典的话，顾家媳妇由抽泣变成低哭。

老六本来名声便不好，又有前科，这回又是翻寡妇家墙头，并且顾地不依不饶,虽没定为强奸犯,但以"流氓行为"批斗游街,罚义务劳动改造三个月。无论人们演绎的故事如何,人们都谴责老六这个"痞子",没有人对顾家媳妇说三道四,世人是相信声名的,声名定世论。顾地还逼老六买了一挂长鞭炮,在院子里放了,去晦气。炮仗响时,顾家媳妇没出屋,躲在那哭。听邻居说,顾家小院那晚嫂叔俩吵了架,人们听到顾家媳妇也高声地吼,吼声那么凶,大家也是第一次听到。第二天,顾地脑袋上也有个大青包,说是碰墙撞的。

劳动改造的老六修街道的路,戴着白袖章,垂头丧气地与一群"地富反坏右"分子砸石子,路修到顾家门口,头也不敢抬。顾家媳妇大大方方地给他送上一碗茶水,还有一块夹了油条的火烧馍。顾地在一旁,眼瞪得牛眼大,气喘得粗粗的,也没敢吭声。

不多久,顾家媳妇出嫁了,嫁给远远的一位小学教师,要了一笔不菲的彩礼,用这彩礼为儿子订了个媳妇。临过门时,按当地的规矩,红花袄子外罩了件青蓝素色褂子,风吹掀褂沿,露出红红的碎花,人说那是石榴花。顾家的东西,她什么也没带,只带了压枝的一棵石榴树苗,捧在手上,坐上新郎小学教师的自行车后座。乌黑油亮的发髻上,也插一只艳红的石榴花,仿佛还滴着水珠,那是刚从石榴树上剪下来的。

出门时,她没与顾地说一句话,眼也没看他一眼。老太婆们都议论:镇上最好的女人,走了!

野露

吴家的小傻子结婚了,引得镇上一片轰动,父亲吴老三精明,儿子吴小山痴傻,像是尺杆的两端。吴老三的精明是他开的颜料店生意好,吴小山的傻是小时候撅屁股在野外拉屎,被吃屎的野狗咬破一个卵子,一头栽到地上,又被块大石头撞傻了脑子,二十几岁的人,还成天与一群跟他小不少的孩子疯玩。从小看到过小傻子胯裆那东西的人说,缩得小小的,歪着头,是挺歪把子机枪,打不出子弹。小傻子还能要女人,还能传后?人们怀疑。吴老三腰包鼓,又能干,给儿子在乡下说个媳妇不难,还是个标致的小女子,脸红红紫紫的,给人印象深的是乌色的眼圈和厚厚的嘴唇,丰乳肥臀,髋骨还宽大,几个老流氓私下议论,这是个好女人,有味道,嫁给小傻子,可惜了,只怕身体单薄的小傻子享受不了,更别说他的机关枪还不知打出打不出子弹。

新媳妇有个少见文雅的名字,夏露,是她有文化的父亲起的。父亲因有文化惹了祸,当教师被打成右派,劳改几年,老婆离了婚。夏露不识字,陪伴带右派帽子的父亲,粗活重活都干,练出那健壮的身材,也养成顺眉顺眼的性子。嫁到镇上来,嫁给家境不错的吴家,算是大幸,精明的吴老三还没花太多聘礼,便给小傻子娶了这个媳妇。

新娘子运气确实不好，出嫁日正值汛季。这镇子，南边是淮河，北边是大别山，淮河每年泛滥，大山每年发山洪，每当这个季节，镇上人不敢在家住，搬到小学校高高的大操场上，搭起一张张的床，女人挂蚊帐算是屏障，男人和孩子搬个桌子、凳子权且当床，倒头便睡，四边点几堆熏蚊子的青蒿，反正人多一平均，蚊子也显得少了。青壮男人排班观察小河畔的神仙坟，水只要不过神仙坟，小镇便安全；水若淹过神仙坟，小镇便危险，这是一代代传下的说法，人们一直信。

露天里安营扎寨过夜，人们不仅不觉得苦，反而感到乐趣。平时里，各家各户门一关，随意串门较不易，搬个凳子在街上，围上东拉西扯，算是个热闹，但往往男人一堆，女人一堆，小孩子窜来窜去。倘若男女有混而杂谈的，女人要喊男人回家，男人要喊女人睡觉，弄得谈兴正浓的男女很没趣。操场的露营地里床挨床，帐挨帐，大板凳、小桌子也挤挨挨的，小孩子穿梭其间兴奋地玩着地道战，男人们头并头，脚顶脚唠着闲话，女人们蚊帐隔蚊帐叙着家常，热闹说笑声往往待三星偏西方才安静。爱热闹的男人往往睡不着觉，跑到神仙坟去看水，或在外围瓜子摊、甘蔗摊，凑着昏暗的小麻灯光亮打扑克。下半夜，值班和玩够了的男人去摸自己睡的地方，不是碰到别人的床，便是触碰到别人家的蚊帐，还有人有意无意摸错的，被别人的女人骂："流氓！"大家也不怪罪，平时两人眉来眼去的，摸摸奶子，摸摸大腿，甚至还有人钻进别的女人蚊帐内，戏戏鸳鸯，女的不拒，男的也不说。

新娘子来露营，还是头一遭遇到。吴老三的女人埋怨男人选了这么个吉日，本不想搬去操场，但镇上来动员，全家也怕水淹，还是搬来了，支了两张床，儿子媳妇一张，老两口一张，怕带红幔的蚊帐太招眼，都用旧蚊帐。老子打牌去了，儿子看水去了，婆媳俩一人一张床睡得倒凉快，婆婆一会儿便睡着了。

新娘子夏露睡不着，这算什么事？新婚第一晚便守空房，她不由得暗暗垂泪，听附近说笑、唠家常的声音越来越小，隔蚊帐顶看星斗满天，月隐未升，也热了，脱去长裤长褂，穿着红裤兜和套头娃娃衫，摸着临出嫁时，父亲递给她的那枚铜钱，凑着星星的微弱光亮看，想看上面画的是什么，却看不清，迷迷糊糊困意上来了。

迷迷糊糊中，蚊帐掀开，钻进来一个人，她一惊，想叫，来人用手捂住了她的嘴，那手汗湿湿的，一股男人的气息冲上来，使她头有些发晕，心痒痒的，有种说不出的舒服感。一张热烘烘的嘴拱上她的脸，亲着额头、眼角、鼻子、两腮，最后咬住她的唇，伸进热乎乎的舌头，她情不自禁地也伸出舌头，两条舌搅在一起，她更是发晕。那手，也没闲着，从肩膀摸住她的两只胖大奶子，在奶子上揉着，她的心顶上来，仿佛要从喉咙口喷出去，感觉脸发烫，耳朵也发烫，身子也滚烫滚烫的,下身热乎乎的东西流出来,顺着大腿流出痒痒的感觉。那人扒下了她的裤衩,略微有点疼痛伴着麻酥使她眩晕,那眩晕感伴着要死要活的感觉致使她想叫,一只手又捂住了她的嘴。床有轻轻的晃动,压在身上的人在用力,每次用力都带给她更大的舒适,她情不自禁紧紧抱住那个身子,身子热乎乎的,汗涔涔的,那人边喘气,边用力,新娘子夏露情不自禁眩晕了过去……

醒来,床上已没了人,浑身软软的,外面传来人语声,手电筒的光亮在蚊帐丛中晃来晃去,小傻子丈夫钻进来,拜堂时她已闻过他的气味,汗香中又带些暴光暴晒皮肤的淡腥,她一把抱住他,小傻子也抱住她,嘴也乱拱,她伸出舌头,像刚才似的去逢迎,不料小傻子擦唇而过,寻她的奶头,咬住,吸吮,吸得她心中又一阵发热,不知哪来的劲,一把将小傻子的身子翻到自己身上,小傻子似乎也会这男女之情,扒在她身上直动,下体却没有进入的感觉。她用手一摸,失望地直想哭,心中似有团火在燃烧,仿佛要从胸膛里迸放出来。这火,渐渐熄灭,由夏入冬,转为冰凉。小傻子身体大汗淋漓,头发也潮湿了,弄得她的身体也全是汗,她真想一脚将他蹬下去,想又不妥,便麻木地由着他。

曙光朦胧,婆婆喊醒了她,小傻子一口咬着奶头,一手握着奶头,歪着头睡得正香,她轻轻拨开他,赶忙穿衣起床,随婆婆回去做饭,公公也睡得正香。

吃过饭后,来收拾床,她怎么也找不到那枚铜钱,公公、婆婆和小傻子问她找什么,她脸一红,"发夹",蚊虫哼似的怕是连自己也没听见,没寻到丢失的东西,很惆怅,婆婆也帮着找一会,没寻到,安慰她:"什么样式的?回来给你买个新的。"

两个月后,卫生院检查夏露怀孕了,全家很高兴,镇上的人也高兴,说:看来小傻子的机关枪还是打得出子弹的,还弹无虚发哩!人们逗小傻子:

"小山,媳妇好吗?"

"好!"

"漂亮吗?"

"漂亮!"

"奶子大吗?"

"大!"

"唇厚吗?"

"厚！"

"搂在怀里热吗？"

"热！"

"快活吗？"

"快活！"

"哈哈……"

"嘻嘻……"

　　那枚铜币不知被谁拾到了，在男人们中间传开来，铜币上画的是一个男人趴在一个女人身上，动作极其专业、逼真。见多识广的白公子说：这是为过去大家闺秀出嫁时专门铸造的压箱币，教不出绣楼的小姐新婚之夜干那事用，高级的一般是银子的，还有四枚、六枚、八枚一套的，最多的达十二枚，镌刻有春宫画似的各种姿势。

　　啧啧，这东西还要教？无师自通。看来那女人不简单，镇上又多了个浪货！后来，破四旧时那枚铜钱被追查进了废品收购站,夏露呢?生了两个儿子,吴家有后啦!已成中年妇女的她,还引得镇上老少光棍们想入非非。

开脸

乡下大姑娘新嫁,称"开脸",开脸是有仪式的,年长的女人嘴和两手拽着一根线,那线似小孩玩"翻花"拧搅起来的,三股线拧搅的交叉处贴在姑娘的额头发际、鬓边、后脖颈长满密密带毛的地方,用交叉线头拧搅的劲拔去茸毛,也剥去死皮和日晒的黑层,露出白白嫩嫩的原始皮肤层,再扑上粉,显得粉嫩可爱。这是个细工活,很慢,有时去除一根细细的茸毛需要线头扯弄七八上十下,开脸的人手不停地向两处扯,牙咬着线头抬头低头上下拽,动作既用力还要轻,不然线会断,甚至夹得被开脸人皮肤疼。开一次脸,劳作的人手酸要歇好几次,长时间咬线头的牙齿和嘴也很累,还得防止湿线唾液浸出多了,成为口水,故干完一个活,开脸人额头要渗出细密的汗,仿佛承担一次较重的体力活。

因为开了脸,新娘子更漂亮,少女也宣布成了媳妇,人们辨认陌生女人是姑娘还是媳妇,很容易,看她额头发际压着的部位和鬓角有无茸毛,以确定她是否开过脸,是否结过婚。乡下的女人一生往往只开一次脸,即使二婚三婚,也省了这仪式,镇上女人爱美,年轻的小媳妇和中年的女人经常开脸,把这当成一种美容方式。正像那时候女人不进理发店一样,头发长了互相剪,开脸更不去理发店,而是互相开。当然,有手艺较好的,大家都喜欢找她开,她也会有个揽人缘的技术。特别在春天、夏天,年轻、中年女人们围着相互开脸,边开脸边扯些闲话,笑嘻嘻的,老太太们远远在一边似睬似不睬地团坐,不时瞥上一眼,嘴撅撅,似乎不屑这臭美,但心底许是泛出青春已逝的酸楚。乡下男人们经过此处,看此景,闻着女人的芬芳,瞟一眼女人开脸后或正进行中那粉嫩粉嫩的脸皮和脖子,心似小鹿撞得怦怦的,不自觉放慢了脚步。从镇里嫁到乡下去的小媳妇,回娘家必办的一件事,便是找人开一次脸,回去引得村里女人们妒羡。

公社还在老址时,夹在居民住的街道中间。外地干部有家属来,也住在那里,出门便是街道,见人便见街坊邻居。那时干部家属大都是农村向阳花,哪位干部家属来了,出来买东西,观街景,镇上女人都要评头品足一番,谁的女人太老相,谁的女人漂亮,谁的女人邋遢,这些被议论的女人尽管丈夫是公社干部威风十足,但自身与街上这些女人相比,有天然的自卑,故都怯怯的,很少有融入街上的女人圈,来住三五天,三两次后,便不太愿意来了,反正家都不会太远,等着丈夫回去交公粮。

公社有位副主任姓石,从外公社调过来不久,听说干过了不少地方,原来是主任,到这是副主任,被贬了,听说是作风有问题,街上的女人们对他便有种怪异的观察和议论。老石长得还不错，细条个子，五官周正，头发黑黑密密的，见天梳得也很整齐，牙齐齐白白的，穿的也比别的干部讲究，有细心的女人发现，他穿的裤子似乎有中规中矩的裤缝，不像别的干部皱巴巴的，从未见他卷过裤管，也没见他穿过草鞋，总是穿双干干净净的解放牌布球鞋，或者鸭嘴舌灯芯绒布鞋，始终都有袜子，而这些细节，正是那里乡村干部少见的。只是老板着脸，没看他笑过，与街坊不打招呼；走街上，遇女人堆，女人们天然想躲，不料他连看都不看一眼；如遇女人围坐的椅子挡了路，自行车铃按得响响急急的，虎着脸也不吭气，这举动，反而落得女人们看他傲傲的背景埋怨：这人"轴"！有架子。故都不太喜欢他，他也便这样旁若无人地早出晚归，骑车子下乡，反正他管的是乡下的事，与街道少有交道，他与街上的群众关系不是如鱼和水，而是如油和水。运动初期，他的大字报比较多，后来大家也习惯了，他不理人，人也不理他。

有一天，有个消息灵通的女人悄声告诉大家一个新闻，老石媳妇来了，乖乖，长得好！公社独一份！是吗？正在忙开脸的女人堆围绕老石和这女人嘀咕起来，都想看一看，有穿过院子去上公社厕所的，有去河边借洗衣洗菜寻看的，见到的人都说确实不错。很快满足了这些闲来无事女人们的好奇心。这个女人从公社大门出来了。

这是一个夏天的午后，女人们刚从懒洋洋的午睡中醒来，精气神正旺，很快凑成一堆，开脸。很快有人发现，老石的女人也出来了，中等个子，匀称条子，月白褂，蓝布裤子，黑色圆口布鞋，白色袜子，步子不紧不慢，落地不轻不重。刚才还说笑取闹的女人堆忽地一下静了，只有一条大黄狗在旁边呼呼喘气，女人走过来，仿佛也不太自在，脚步放慢，对人堆笑笑，头低下来，仍挂着盈盈笑意，两腮还出现一闪而过的两片红云；走到正开脸的女人旁边，抬头看着，众人也抬头看她，但没人搭理，她脸又一红，转到旁边小摊子买线和缝被子的针。众女人听她与小贩谈价，问货、交货的简单对话，虽是乡下土话，但声柔柔的、绵绵的，很好听，很和气。拿过针线的她转身往回走，步子很慢，走到开脸的女人旁，盯着看，似乎略停了一下，众女人望着她，她也对望着众女人，又没人搭腔，她放快了脚步，眼看就离了女人堆。"石娘子，开脸吗？"哪位女人冲她背影喊了一句，她迅速转过身，脸笑成一团花，颤颤的声音很激动，"好，好，好啊！"女人堆打破了沉寂，有起来让座的，有端来小板凳的，有来拉她胳膊的，很快欢欢热闹起来，没有了生分。

有女人摸摸她黑网兜住的"窝窝转"："你这头发真好，漆黑油亮，用皂角洗的头吧，清香清香，好闻！"

有女人捻捻她那衣服的缝褶："你衣裳是自己缝的吧，针脚这么细，好手工！"

有人拿过她的手，比画五指，又扳过她的鞋，看脚大小，"看，这五指,细条匀称,这双脚,不大不小,好命啦,石娘子!"

有女人小心地用手拨拉她的发际、鬓角处皮肤,甚至掀领细看她的脖子,"石娘子,你皮肤好,有点黑,是晒的,开过脸就白嫩啦!"

她呵呵笑着,笑着,低低说:"乡下呢,哪能跟你们比?"开始还有些不好意思,渐渐便自然了,热乎了,镇上、乡下、婆子、小孩、鸡鸭猪鹅、菜园灶台,你说我说,越说越多,越说越带劲,唯独没谈到男人。

女人推举最好的高手为石娘子开脸,其他人也不开了,围着看,七嘴八舌地评论、指点,弄得开脸的人放下线,骂她们,"别瞎起哄了,我手都不知怎么动啦,石娘子脸开成个大花脸,你们赔!"有个平时便放肆的女人用手摸摸石娘子光滑滑的脸皮,嬉笑着:"这么嫩的脸,我们可赔不上。"大家嘻嘻哈哈一阵笑,石娘子也跟着笑,又继续开脸,一边开,大家与石娘子笑着,问着,石娘子笑着,答着。线绳拔着汗毛,像蚂蚁夹,痒痒的,轻微的疼,很舒服,她似乎回到出嫁前那唯一一次的开脸场景,心里似乎有当年马上要由姑娘变成媳妇的甜甜痒痒的麻酥,感觉脸有些发热发烫。

石娘子开完脸,小学校敲响放学钟,女人们也该做晚饭了,石娘子忽地想到拆洗的被子还没缝,她感激与不舍地与众女人告别,女人们也恋恋不舍地与她告别,约明天下午再来。石娘子要学学她们开脸的手法,这与乡下好像不一样哩!她摸摸太阳筋,手感滑滑的、细细的,额头、鬓角、后脖颈清清爽爽的,全身都轻松多了。

第二天下午,大家等,石娘子却没有来,公社食堂的秀秀来了,告诉她们:石娘子一大早便回乡下去了,家里有急事,多谢大家为她开脸,还送来一包炒香的葵花籽,说是她从乡下带来的,自己种的,下次来,再学街上的开脸。弄得大家很扫兴,再三追问秀秀,石娘子怎么走得那么急?秀秀嘴一撇,牙齿咬得紧紧地,低语:"哼,那老石……"接着不说了,大家都猜秀秀的下半句话:那老石,不是好东西!

红衣女

镇上的小孩子有一阵子时兴穿红衣服，此风延伸到街后农村，东原种菜的田寡妇家的小女子穿上更好看。田寡妇会种菜，擅腌菜，她腌的菜无论白菜、萝卜、豇豆、刀豆、扁豆都比别人腌得好吃。多少年来，总看她挎着菜篮子，拉着穿红衣服的小女子在露水集上卖菜，很快便会卖完了。小日子过得舒坦，小女子穿的红衣服也比别的孩子好，上小学时，穿得好的小女子也显得傲傲的。

穿红衣的风气过几年便过去了，特别是卖颜料的吴鬼子被抓去坐了牢后，此风更淡了。吴鬼子的罪名是串通庙后的王小，私下传谣言：观音山倒了，观音要收小孩，凡是没穿红衣服的小孩便会被收去，于是红布大兴。那时，红的洋布少，且贵，人们只好买来白布用红颜料染，给孩子做衣服。吴鬼子被抓后人们方知晓，原来是他为推销颜料造的谣言，小孩子再吵要穿好看的红衣服，大人们便以吴鬼子的阴谋谣言搪塞过去。唯有田寡妇还给小女子买，无论哪一季，都见小女子穿着艳红的衣服，在黑、蓝为主，少量碎花衣服的同学群中格外耀眼。

因这红衣服，后来小女子交了好运。那时，无论在外地上学，还是本地上学的少男少女都下放到农村接受再教育，仅有高小的小学校带了个初中班的帽子，几届学生一锅煮都算初中。学生们毕业去了乡下，镇上的学生称下放知青，乡下的学生称回乡知青，大家在乡下都想好好干，争取表现好早日招工、当兵、上大学。田寡妇人缘好，小女子也得人喜欢，不多久便被大队提拔当了电工，可以不再下地干活。从小与男孩子一样上下爬树的小女子爬电线杆本来拿手，她干得很认真。

那是一个冬天，接近春节，电工也忙，要保证电路畅通，让大家光光亮亮过春节，小女子一根根电线杆子检查线路，刚下过一场厚雪，白皑皑的大地银装素裹，穿红衣的小女子在白雪中艳艳一点红，格外抢眼。正巧县革委会的主任带县里人下乡慰问，途中见到一点红的场面，感慨兴奋，停车接见了穿红衣的小女子，紧握她的手说了些鼓励话，还照了相登在县报上，没几天，小女子便入了党，提拔为公社副书记兼大队书记。

当了大干部的小女子不能穿红衣外套了，春秋一身黄军装，冬天一件军大衣，但里面的毛衣是红线织的，有心人还说，勒胸的兜兜是红的，不敢公开说，怕戴上攻击新干部，反对新生事物的帽子。当了干部，受人尊敬，找对象却难了，本来都说了双方要好的小学校语文老师，因社会关系有点问题，组织谈话让她断了；本镇上在县化肥厂当工人的一个同学也仰慕她，希望她婚后招工到县里去，这不符合她的志向，也吹了；还是公社书记介绍了个现役军人，最终喜结良缘。军人丈夫在部队提了干，小女子也坐火箭蹿升到县里革委会，回来坐着黄色的吉普车，引得全镇人艳羡与自豪。

后来政策翻了个，家庭出身也不讲了，右派摘了帽，小女子作为"老鸡带小鸡"[1]的典型降职回公社当一般干部，外表看小女子无所谓，照样蹬着自行车，下乡、开会，陪上级检查，但在人们眼光中，看法大大打了折扣。在部队的丈夫却进步很快，多次要求小女子随军，小女子不去，两人僵持了几年，后来听说离了婚，丈夫又找了个军医，小女子带个孩子仍在乡下，孩子后来也随父亲去城里上学了，她除了工作，便回东原陪老母亲，老母亲仍是种菜、卖小菜，直到生病起不了床。

埋葬了母亲后的小女子成了单身，不少人给她介绍对象，有些条件还不错，小女子一概拒绝。她工作很卖力，同事关系处理得也很好，并且酒量大增，还学会了抽烟。没看她生病住过院，后来突然听说她住进了县医院，得了"精神分裂症"，很快便不能工作了，病退回到东原她母亲留下的那几间小屋。她有工资，本不需要劳动，但她打小随母亲种菜、腌菜，又拾起这老本行，公社请去开会，她也不去。这时的公社书记，正是当年追求她的那位小学教师，经常来看望她，她情绪好时，叙谈言欢如旧，病发作时，谁也不理。县里、

---

[1] "文革"后期，倡导破格提拔年轻干部，由老干部带着，边干边学，称为"老鸡带小鸡"。

公社里其他同事来看她时，也是如此。

已在城里工作的孩子来接她去，她也不去，后带她去城里大医院检查，出院后，孩子特地找了房子，让她留在城里单位，方便照顾她，她住了一段，又跑回来了。本来她种的菜、腌的菜与田寡妇一样好，后因精神病时常发作，菜不是咸了，就是酸了，人们便不买她的菜了，她热情地送人，人收了，并不吃。

但小女子有一种习好没改，甚至比过去更痴迷了，那就是喜穿红衣。年纪大平时不能在外面穿，就在里面穿，内衣内裤都是红的，袜子也是红的，精神病发作时，披的外衣也是红的。穿着红衣到处乱跑，看到的人便知她又发病了，赶紧将她送医院。好心的人招来一位云游的九华山和尚，带上门给她看看。和尚说：红衣不适合她穿，她应穿白色、黑色，青色亦可。起初她信了，有一阵病还很稳定。谁知不久，病又犯了，穿着大红衣服到处乱跑。关心她的人好不容易又请来那位和尚，和尚仔细四周瞅瞅，和颜悦色与她谈谈，掐指算算，说她又沾红啦。人们四处寻找发现，她从山上带回几盆映山红，在屋里养着，花已凋谢了，她侍弄得好，枝青叶绿，来春估计又会开艳艳的红花，都说和尚太灵了，不愧为佛教名山来的。大家要将花摔了，小女子怎么也不同意，弄得大家没有办法。还是和尚出了个好主意，悄悄让用一种什么"无根水"去浇，使之来春不开花，果然，无论小女子怎么侍弄，这几盆映山红总不开花。问人，都说野花从山上移来，是不会开的，小女子也信了，还别说，那一阵，她的病情还真是很稳定。

　　小女子后来竟失踪了，有人说她随和尚出走了，也有人说去了别处，从此小女子的故事成了一个传说。

虾糊

秀秀是从乡下嫁过来的，父亲过去是大地主刘东楼家的厨子，家技嫡传，秀秀也烧得一手好菜，没有山珍海味，日常的蔬菜时鲜，鸡鸭鱼肉经她手一拨拉，味道不一般，青菜豆腐也让人胃口大开。凭这手艺，她先给小学校做饭，又到供销社掌厨，各公家单位抢着要，后来还是公社嘴大，硬将秀秀挖到公社食堂，便成了公社的人，这一干便干了下去。

俗话说，衙门口内七品官，虽是九品公衙，也是几万人口的最高权力衙门，凡进入者，在众人眼里都是干部，秀秀也不例外。公社正规的干部，人们称书记、主任、部长、委员，对秀秀这类勤杂人员，人们往往在职业之上加个"官"字，如管农技的称"稻官"，管农机的称"机官"，管电的称"电官"，管广播站的称"广播官"，管电话的称"电话官"，秀秀是掌大勺的，人们称"官大勺"。

秀秀原本长得好看，身材苗条，五官清秀，皮肤白中透红，可惜是个麻子。过去，孩子难过出天花这一关，过不去的，重者丧命，轻者留下麻子的残疾，麻子又分黑麻子、白麻子两种，黑麻子难看些,白麻子稍好些,秀秀是白麻子,尚不掩其袅娜风流。私下想秀秀的人不少,但谁也得不到手,有几个酸痞子想而不得,生了怨气,捣鼓出一首打油诗讥讽秀秀脸上的麻子。这诗据说称为"宝塔诗",录之如下:

麻

天花

满脸疤

雪地雨洒

筛子眼年画

太极饼撒黑芝麻

种豆刨地坑坑洼洼

红盖揭新郎官吓傻

上麻下不麻莫怕莫怕

秀秀不识字，宝塔诗传不到秀秀耳朵里去，酸痞子敢欺负秀秀，是因为秀秀的丈夫是个瘫子，长年卧病在床，认定秀秀是守活寡，证明是结婚这么多年也没有孩子。秀秀对丈夫很好，忙完公家厨上的事，便回家精心照顾丈夫，不理不睬别人的议论和挑逗。有头脸的人家，红白喜事，也请秀秀大厨掌勺，那时待贵客的规矩，是"十大海"，即十大碗鸡鸭鱼肉荤菜，外加八大碟凉盘，这些对乡间大厨不难，味道上虽有差别，变化的余地不大。厨子的功夫在十大碗之后上的那道"鲜米汤"，鲜米汤的原料不是米，而是鸡杂、鸭杂、猪肝、滑肉，任凭厨师选。听说秀秀的父亲最擅长做虾糊汤，稻田小米虾，加淀粉和葱姜作料，谁做的也没有刘东楼这位专厨做得好，秀秀也会做，但不做，颇有口腹之欲的供销社主任和公社书记试探过好几次，秀秀都不应，只好罢了。人们一直弄不清原委。

"清理阶级队伍"时，有人反映秀秀的父亲给刘东楼掌厨，也应算历史问题，还说土匪头子岳葫芦曾有心收秀秀做小老婆，大字报贴出来了。公社书记也不敢怠慢，怕别人说自己立场不稳，开会研究派人调查。与秀秀谈，秀秀只是哭，只好外调找在刘东楼帮过工的，秀秀的乡下邻居调查，不几天，调查结果出来了，汇报的人、听的人都不禁唏嘘，公社书记最后拍板，不再追究，算是结论。

调查的结果渐渐在镇上漏出来，秀秀帮厨的东家刘东楼与土匪头子岳葫芦是把兄弟，两人都爱喝秀秀父亲做的虾糊鲜米汤,秀秀小时便常去父亲厨上玩,跑来跑去,帮帮忙,大了偶尔仍去,一眨眼成了个大姑娘,漂漂亮亮,被岳葫芦发现,便让把兄弟说给自己当小老婆,秀秀父亲不敢拒绝,秀秀却坚死不从。土匪头子岳葫芦哪有说话掉到地上的?要不是看在刘东楼这个把兄弟的面子,干脆抢去算了,秀秀被逼无奈,催期逼近的那一天,岳葫芦又来到刘东楼,说是当晚要带走秀秀,父女俩噙着眼泪在厨房忙着宴席,当十大海碗上完,即将做虾糊汤时,父亲上了趟厕所,秀秀放进锅的不是水,而是半锅油,油滚冒烟,秀秀竟然将自己青春的一张脸贴进滚油锅,在热油中加了一瓢冷水,啪啪炸炸,满屋冒起浓烟,人们认为失火了,跑进厨房,秀秀满脸血肉模糊地躺在灶台旁。在家养了几个月的秀秀命保住了,却落了满脸的麻子疤疤,岳葫芦只好作罢,但仍不解气,后来秀秀嫁给现在的丈夫,结婚没几天,便被岳葫芦派人绑去,生生将她丈夫打成了残疾,从此瘫在床上。

秀秀从此养着丈夫,再也不做虾糊。知道这个结果后,谁也不再向秀秀提做虾糊的事,秀秀出席哪家的红白喜事,厨师也不再上虾糊这道鲜米汤。不几年,秀秀的丈夫死了,秀秀排排场场地为他办了后事,并亲自下厨,为来吊丧的客人做了一道虾糊鲜米汤,那汤,凡喝过的人说,从来没喝过那么鲜的汤,舌头喝再鲜的东西都没味了!

秀秀依然在公社食堂掌厨,从中年妇女变成了老太婆,干不动了,才回家,摆个小吃摊子,专卖虾糊汤。老年人喜欢喝,年轻人也喜欢喝,街上人喜欢喝,乡下人也喜欢喝,会吃的人,先去温白牛那买几只"太极饼",喝着汤,嚼着饼,是一大享受。人问这汤的诀窍,她笑而不答,有说她养了一盆泥鳅,汤中加了泥鳅的涎液;有人说她种了一种草,为鲜汤草;还有人说,用了她香香的唾液,等等。总是猜吧,谁也没证实。喝高兴了,酸痞子们又编了一首宝塔诗:

汤

鲜辣

独一家

几只米虾

小粉姜葱花

色香味顶呱呱

闻一闻和尚开斋

喝一碗通体畅舒麻

新郎官不知洞房在哪

送子娘娘

听老人说，过去小孩子下地是土接生婆从娘肚子里拽出来的，土接生婆凭借一把剪刀、一锅开水、一大盆稻草灰便办成了事，因不卫生，接生的孩子存活率低，即使出来会啼哭了，三天、七天死亡率也高，特别是七天难躲，称"七疯"，主要是接生婆的剪刀不卫生，剪断的脐带发了炎，实际称"脐疯"。解放初，推行新法接生，由正规妇产科医师代替土接生婆，小孩出生的存活率才高起来。穷乡僻野哪来那么多妇科大夫？县里组织培训，活学活用，小镇也摊上了一个，这便是"送子娘娘"。

送子娘娘姓啥名谁？自打小记事没听人喊过，都喊她这个外号，无论妇孺老幼，因一九四九年出生的镇上孩子，都是她用手掏出来的。自从有了她，镇上才人丁兴旺；不过，镇上人将功劳主要归功于神仙庙的观音菩萨保佑，那里香火渐旺，也没忘了这接生婆，送给她"送子娘娘"的称谓。她也有资格说：你娘的奶子我见过，×我摸过！从街南头到街北头，她只要一阵风走过，家家都会迎门招呼她进屋喝茶，相近的人也都站立点头与她打招呼，碰到小男孩，喊住要摸摸头，摸摸小鸡鸡，小孩子拒绝，她便骂骂咧咧喊："你娘的！"大人嘻嘻笑一笑，也不恼；小孩子瞪瞪眼，也不怕，反觉挺好玩。

觉得好玩是看她像个疯婆子，皮肤黑黑的，皱纹显显的，明明是少见的女干部式齐耳二道毛子发，十天有九天乱蓬蓬的，少梳理，也没搽桂花油，特别是一张嘴两颗亮晃晃的大金牙，像逢庙会卖狗皮膏药、玩大把戏的江湖人士，又装在女人嘴里，更为稀罕。说起话来嗓大声大，又有几分嘶哑，走路快，动作幅度大，一点儿也不像女人。反而是她的男人斯斯文文，穿戴整洁，头发梳得油光光的，送子娘娘不会做饭，不会缝衣，镇上女人私下常议论：这一家子，家务活计让男人包了。

她不是本地人，从哪地方来的，不知道。丈夫是公社卫生院医术最好的医生，一直到文化大革命的初期，横扫一切牛鬼蛇神的风暴卷到小镇，她的丈夫戴上白袖章，挂上批斗牌，方才知其是国民党"少校伪军医"。铺天盖地天天翻新的大字报渐渐也触及到了她，听起来仿佛是个电影故事。

小镇紧挨大别山的腹地金寨县，解放军大军南下时，国民党省城丢了，政府机关迁到金寨深山区的麻埠街，又顽抗了一个阶段。土崩瓦解前，树倒猢狲散，那时还未成为她丈夫的"少校军医"正在天堂寨的妓院醉生梦死，看到解放大军齐刷刷进城，慌忙脱下军装，与一位同僚带上两个妓女脚底抹油——溜了。几经波折，到了这个小镇，凭着医术安顿下来，十几年来也没人查出过底细。

遇到这荡涤一切污泥浊水的无产阶级"文化大革命",终于露了馅。"少校军医"有档可查,铁板钉钉,可这送子娘娘,是不是妓女?不大好定。军医大夫一口咬定她是良家苦女人,有带来的两个孩子为证,有人说这是军医谋划好的,携带妓女出跑,特地拣两个孩子做掩护,那时又没有基因鉴定技术,军医和送子娘娘江姐式地不松口,军医同僚口风也是死死的,外调的路费花了一大把,也没个头绪。砸了神仙庙的泥塑观音像,等着热闹,给送子娘娘挂破鞋游街的几个造反派瞪眼干着急。何况,造反派的家属,已结合进领导班子的干部家也有要生孩子的,虽已有送子娘娘带的学生会接生,但镇上的上层人家还是由送子娘娘亲手接,老师动手,肯定比学生安全、放心。

最后,还是由刚解放的一位南下老干部在大会发了话:奶奶的,她像妓女吗?妓女长得她那个毬样?会场哈哈大笑,算是为送子娘娘正名平反。笑的年轻人大都是送子娘娘从娘肚子里掏出来的。

正名平反的送子娘娘继续干她掏孩子的活,继续享受掏出孩子家奉上的甜甜的荷包蛋,只是走路不似先前那种"急急风",动作不似先前那种舞之蹈之,说话也不似先前那种高音大嗓,遇见小男孩,也不再拦住摸小鸡鸡,反而笑着打招呼:乖乖,哪里去呀?那声,有了几分女性柔和;那笑,有了几分慈祥。发型、衣着也整齐了些,特别是胸前,别着一枚当时时髦的领袖像章，比别人的都要大。只是，儿时的我们，觉得不好玩了，有了几分怯怯想躲的念头。

大人们私下窃语："送子娘娘的金牙好像不见了。""她还敢吗？没戴帽子算是不错啦！""戴什么帽子？妓女有那个毬样？""是的，有那个毬样吗？！"……

落风枣

　　余家的三棵枣树是镇上最古老的树,已不知有多少年,树干有两人合抱那么粗,枝丫伸天,遒劲傲然。叶密时,浓荫成伞,开花时,蜂嗡成群,半条街都飘散枣花的香味。那果,似乎也不分大年小年,每年枝枝杈杈密密缀满,且是蜜枣。

　　当地人将枣子分为木枣、蜜枣,木枣大,不甜,吃起来木木的,甜的是蜜枣,比较过的人都说甜不过余家的蜜枣。每逢秋天,余家的枣树总引来一群群的鸟雀,飞到树上抢啄未熟和将熟的枣子,聒噪声讨人嫌,拉下的白屎也讨人嫌,因树太高太大,也没办法。枣树下成为顽皮孩童的好去处,去这里用弹弓打鸟雀,还有,捡食被风刮落,鸟雀啄食,落在地上的枣,这种枣称落风枣。孩童们爬上树摘枣,用竹竿打枣是不允的,捡食落风枣是被允许的,趁防范不注意,试图推树摇一摇,可惜树干太粗太大,不过蚂蚁撼树,白费力气,惹得旁观的人一笑。

　　拉着根枣木棍看管孩子们的是余家老太太,这老太太,多少年没见她干过什么事,总看她坐在后门口边晒太阳边看枣树。余老太太黑黑的,瘦瘦的,头发密密白得似茧丝,两眼眯缝着,似笑非笑,看似慈祥,实很威严,从未见她与人说过什么话,有孩子试图上树,她挥起枣木杖,"喂——!"的一声,清脆而响亮,身子虽未动,孩子们便胆怯地溜了。

怕她的原因,是听大人说她威信高,余老头怕她,三个儿子怕她,两个媳妇竟也怕她。街坊老太太,凶威威的也有,粗声大嗓的也有,但对余老太都很尊敬。她不多言语,也懒得掺和议论东家长西家短,不知为什么,却有天然的威,街上为鸡毛蒜皮事吵架的多,从未见她与人吵架,相反,有妯娌争嘴,婆媳闹事的,请来她,很快便镇住了。三个儿子,大儿子在街道当民兵营长,二儿子在供销社当会计,三儿子在外当兵,对她都恭恭敬敬,媳妇们自动承揽家务活,从不敢与她顶嘴。余老头更不用说啦,一条腿不对劲,摆个瓜子摊,仗着儿子的势,喜欢与人较个死理,一旦吹胡子瞪眼叫骂,余老太轻轻说一句:"干什么哩!这么凶!有话好好讲,让让得了!"余老头屁也不敢放,讨厌余老头的街坊都说,亏得有余老太管着,不然余老头要上天啦!

那年,正是孩子们捡食落风枣的季节,来了一个外调的人,由街道干部带着到枣树下找余老太谈话,说要写个什么证明材料,余老头也回避。外调的人走了,风传了大新闻:余老太是个红军逃兵!

接着,镇上有人撺掇想让余老太陪斗批斗会,余老太的大儿子使出浑身解数去压，在供销社的二儿子请了好几桌客，当解放军的三儿子也回来了一趟，赤贫八代的余老头在街上泼骂一通，还堵住出头的两个年轻人的家，叫嚷要砸断他们的狗腿，这事便没了下文。此后很长一段时间，没见余老太从她家的小院走出来，也不在后门口晒太阳看枣子了，会爬树的孩子们饱尝了口福，还有胆大的，试图用竹竿打枣子，余老头和他两个媳妇出来呵斥，方才作罢。那年，四坊邻家都分了一筐枣，枣很甜，成熟了的，青绿绿间或杂几粒红枣。

断断续续的议论连起来有了头绪：余老太确实参加过红军，有人说是医院的，有人说是宣传队的，也有人说是洗衣队的，是红四方面军。史志载，这里过去是红四方面军的根据地，大军南撤时，疏散非战斗人员，也有人说部队突围打散了，余老太被当地民团俘虏，五花大绑往县里送，走到这小镇集头，正巧被当地米大财主碰到，花了三十块大洋赎下来。本想留在家里，不料大老婆哭闹拼命，顺手将这女红军嫁给家中推烟的烟匠老余，资助其另立门户。老余长着连疮腿，肿得粗粗的，满是脓疤，夏天揭开腿搔痒，围来一圈苍蝇，很是恶心，平白无故娶上年轻漂亮的媳妇，那高兴劲，胜过遇到天上掉下织女的牛郎。时过境迁，米家被打倒，子孙落魄四散，贫雇民老余根红苗正，几个儿子当干部的当干部，当兵的当兵，余老太的过去，成了一段隐史。

还有上了年纪的人说，刚解放时，地区有位大干部来看望过余老太,坐着吉普车,后随两位挎盒子炮的警卫,那是她的当年战友,听说劝余老太出来工作,弄得余老头那阵头昏昏的,被余老太拒绝了。街道也请她出来管管事,她也没答应。她或许已习惯了与烟匠共同过这小百姓的生活,为余老头生一个又一个儿子,外面的事不问,哪也不去。这次外调,是让余老太证明那位来看望她的大干部,听说大干部被打成"走资派",有人还说他是叛徒,当初队伍被打散时,有一段时间说不清道不明,当时活下的人只有这位余老太。余老太怎么证明的不知道,说闲话的人都挺佩服余老太前后眼哩!如果当初出来工作,现在估计也会成"走资派""叛徒"。

就这样,余老太在有三棵大枣树的余家过了一辈子,子孙满堂,大脚没踏出过小镇,已在部队当军官的三儿子几次请母亲去部队驻地大城市住住,她都拒绝了。在小镇,余老太不声不响地住着,晒着太阳,看她的枣树,她活得很长,寿终正寝。

一茬一茬的孩子们,照常去捡拾落风枣,树更老了,枣花照常香,枣子照常密,吃起来照常甜,只是枣树旁多了道水渠穿过,风吹落下的枣子很快被流水冲走,眼快手快的孩子只能与流快的水抢枣子,或在水渠边旺旺生长的草丛中仔细寻枣子,顺水漂流的小鱼也争抢追逐流水中的枣,引得孩子们看,看鱼的浮游嬉戏,时而忘却捡落风枣。

四奶奶的银子

镇上谁最有钱？都说四奶奶最有钱。她有一缸银子，是一缸而不是一罐，但谁也没见过，爷爷辈听说，父亲辈听说，孙子辈还是听说。

四奶奶是个其貌不扬的小脚老太太，住在街南头靠公路边的一间老房子里，一张床，一个灶，一架纺车，门前摆个竹筛子，里面摆着绣花的丝线，各式的钢针，成天看她摇着吱吱呀呀的纺车纺线，偶有来买丝线钢针的顾客，方才动一下纺线的身子。爷爷辈看她这个样子，父亲辈看这个样子，孙子辈看她还是这个样子。

都说她阔过，阔时是米家的四太太，那是宣统爷坐龙椅的年代，又说她也是苦出身，父亲是个机匠，在米家织布的，她随父亲在米家长大，母亲是谁不知道，女大十八变，变漂亮了被米东家看中，便成了四太太。穷乡僻野大夫人以下的夫人和妾并无区分，不过按顺序称其四太太罢了。年纪大了，自然称为四奶奶，已不知她的姓，更不知她的名。只知道前几个太太不容她，米家财主可能也腻了，将她赶出了门，讲情义的米家财主送给她一缸银子，是米家财主悄悄披露的，几个夫人公开张扬的。

离开富贵窝的四奶奶住进这间老屋，没见她花过银子，凭着一张织机，织土布谋生，年纪大手脚不灵了，便凭借一张纺车谋生，近些年抽棉线糊不了口，又摆个卖钢针和丝线的小摊子，加以弥补。从铜钱、国民党币、边区币到人民币，没人见她出手过银元，当今银元不流通，更难见她银子出来了，信用社也从未见她来换银元，她的生活几十年一贯制，开支分角毛票便够用，怕也不需要用银元，都说她的那缸银子原封不动还在，只是不知藏在哪。

为这银子，四奶奶没少吃苦头。小偷惦她，据说镇上的小偷，镇外的大盗，流窜作案的江洋惯盗都曾光临过她这小屋。有次几批盗贼撞了车，像京剧《三岔口》似的打了起来，差点流血，还是四奶奶出面说和平息，贴上一锅饭，反而弄得这几批窃贼不好意思，以后便不来偷了。

四奶奶从此以后木门里面不闩，外面不锁。土匪惦她，将她劫上山，绑票吧，又没人来认票，吓唬、威胁、鞭抽，她一直是铁嘴钢牙，撬不出缝，土匪也没了办法，从此也不光顾她了。

光棍惦她，四奶奶离开米家时，还年轻，模样也周正，说媒的人来得多，光棍上门献殷勤的多，四奶奶一概拒绝，惦记的人渐渐也都死心了。

街道也惦她。抗美援朝，全民募捐，豫剧名家常香玉捐飞机的事迹登了报，上了广播，街道干部大会上门动员，镇上居民献宝捐献的锣鼓成天响个不停，四奶奶不言语、不皱眉，干部们只好唉声叹气地走了。

她的肚子也惦她，三年自然灾害时，大食堂散了，家里生不起烟火，人饿得面黄肌瘦，什么都拿去卖，四奶奶与大家一样，先是瓜菜代，后是野菜、树皮、稻壳糠，奄奄一息晒着太阳，也没见她出手过银元。

她到底有没有银元？她的银元藏在哪呢？这是小镇人长久议论的话题。

红卫兵兴盛时，也开始惦她，当过地主的小老婆，坏分子帽子戴上没问题，抄家也是天经地义的，于是将四奶奶专政起来，讯问、逼供，十八般办法用尽，得到的回答是没有，没有，还是没有。抄了她那简单陈设的小屋，一览无余，丈量了墙，没有夹层；掘地三尺，毫无踪影；调查她常去什么地方，除了买点生活用品，几乎不出门。有人出主意，埋的银子夜里会发光，派人在小屋住了好几天，天天盯着看，除了看到窗子透的月光，没有发现银子发的白光。上面又催促落实政策，四奶奶不该戴坏分子帽子，又将她放了，她仍回这老而旧的小屋，纺线，卖钢针丝线。

四奶奶越来越老了！牙也掉了，发也落了，眼也花了，耳也聋了，纺线也甩不开手臂，走路借助拐杖，颤巍巍的，一步三晃，只能靠摆钢针丝线摊子维持生计，街道讨论给予"五保"，有人拿银子说事，提出反对，最后还是定了，已没人惦记她的银子。除了逢年过节，街道干部上门慰问，没有别的人上门，她除了每月去街道按个手印领"五保"金，基本不出门。

四奶奶有一天死了，死在她的小屋里，邻居家看小晌午了，四奶奶还没开门，知道她这两天发烧，还请医生来打过针，给过药，便推门关心她要不要送点开水来，却发现她僵硬地挺在床上，两眼睁得老大没闭，拐杖也紧紧握在手上，搭在床贴的墙上，露出被子外，似乎连收进被子里的力气都没有了。邻居赶紧报告街道，民政部门按"五保"的规矩办了后事。四奶奶和她的银子的故事似乎成为一个传说，翻了过去。

四奶奶的老宅小屋自然而然成了街道的公物，两边邻居均盖了高高的新房子，小屋夹在中间确有碍观瞻，也应属老旧危房了，街道办研究，拆掉在原址盖一间与邻居平齐的新房，做个图书室。上面提倡学习小靳庄[2]，十件新事还差这么一件，正为此事发愁哩。

---

2 小靳庄为"文革"时树立的一个样板，位于天津市郊，共事迹主要有赛诗、宣传队、农民夜校等十件新事。

房子太老，房顶没什么可再用了，除了少量的青砖，土坯也只能砸碎做肥料，砸土坯时，有人突然发现：有土坯外层是土，里面敲开泥土，竟然是白花花的银元，一块块地寻捡，竟有好多块这样的银元土坯，很快堆了一堆。负责的人怕有人偷拿，随手招呼挪来四奶奶装水的缸，将银元咣当扔进水缸里，哇！装满了平平的一缸！这成了镇上头号爆炸新闻，清一色的大清鹰洋。

四奶奶当初找谁脱的土坯？谁砌上去的呢？她这些年怎么一直不花呢？这个四奶奶呀！更令大家惊奇的是，那口缸的底部，烧有"大清宣统年制"几个大字，这应当是米大财主送给四奶奶装银元的缸了。

从此，镇上多了句话，谁舍不得花钱，会冲他（她）一句："你想学四奶奶吗？"

人头花

"人头花"是个魔术名,小时候看过,长大后看过各式各样的魔术,再也没见玩"人头花"的。家乡小镇常来个魔术杂耍班子,一般都住在街北陈家,陈家没有男人,三个女人三代人,据说一代领养一代,都没有血缘关系。老太婆是镇上的"五保户",靠五保补贴为生,第二代中年妇女挽个俏俏的"窝窝转"发髻,胖胖的,细眉俊眼,人称"小磨子"。老少男人们都喜欢拿她取笑,小孩子时觉得她不算漂亮,知晓风月的大孩子背地谈起她眉飞色舞,贩卖从大人口中吐露的什么"功夫好""推磨俱全""会转"之类的黄话,小孩家不懂,长大了结婚了细细琢磨,这些都是她皮肉生意的技艺。第三代小姑娘很漂亮,细条白净,梳着条城市姑娘才有的卷刘海高发髻独辫子,她还有个洋气的名字:兰姐子。

玩"人头花"魔术时,兰姐子大概上小学四五年级,正逢集上庙会。陈家迎街三间店房,也没做什么生意,一年四季门板钉得严严的,只开半扇店门,店院后面有个小院,一人多高的土坯墙围得严严实实,一扇后门通外面的水塘,从那里进出洗衣、挑水、淘米、洗菜。小院挤满了,紧挨挨可容纳几十号人，幕布一挂，白布幔在土坯墙围紧，是个天然紧闭的露天小剧场，后门紧闭，前门收费，谁也混不进去。魔术班吃住在陈家，玩魔术也在陈家小院。唯一漏票的地方是邻居大枣树伸过来的枝干，顽皮胆大的孩子爬上去，远远看场"白戏"，老太婆常拿竹竿将孩子往外赶，二代陈氏常来阻拦，大度地说："算了，小孩子家，让他们看吧。"因故孩子们对她印象很好。

我看"人头花"那场魔术也是攀上枣树偷看的，那是场压轴魔术，只听一阵锣鼓唢呐声后，全场大静，魔术师用棒一指，小舞台中央的莲花腾腾升起，鲜艳无比的花瓣片片张开，中间端坐一位仙女似的小姑娘，秀秀瓜子脸，红红樱桃唇，弯弯柳叶眉，长长黑睫毛下扑闪闪两只大眼珠，擦胭脂的腮帮像两片桃花瓣，额头朱砂点红沙豆，格外耀眼，全场欢声雷动，坐板凳的站起来，站着的跳起来，小场地扬起灰尘人们也不顾。枣树上的孩子也叫起来，手舞足蹈动起来，压得枣树吱吱呀呀响，引起枣树主人发声抗议呵斥。

第二天，听人说端坐在莲花中的小姑娘正是兰姐子，弄得孩子们羡慕极了，崇拜极了，兰姐子似乎也知道，背书包上学气昂昂的，不屑搭理身边的凡夫俗子，旁若无人行走过来，独辫子翘翘的，书包甩甩的，那状况一直继续到兰姐子小学毕业。

小学毕业后兰姐子便从小镇消失了，断断续续听镇上人说：二代陈氏年龄渐渐大了，嫁了个道班工人，有心让兰姐子继承母业，支撑门户，读过书的兰姐子不情愿，自作主张与继父的侄子私奔远走，到了远远的一个水电工地，已年龄不小的继父侄子在那当工人，收入不错，那时工人吃香，有人说兰姐子有志气，也有人说，可惜了，小镇这个行业怕是后继无了人。有人不经意向陈氏母女提起兰姐子，得到的回应是咬牙切齿地咒骂"白眼狼""没这闺女""一刀两断"之类。

待到兰姐子再回小镇，携来一挨肩三个黑黑胖胖的小男孩，名字也有趣，以"大憨""二憨""三憨"称之，一、二代陈氏母女似乎已忘了前后咒骂，高高兴兴，带着小孩从街上走来走去，称"宝贝大孙子"，兰姐子也很高兴，一家人其乐融融。兰姐子似乎也没什么变样，仍是那么漂亮，只是少了当初表演"人头花"时的矜持，成天与比她小一些的男孩子们疯玩，一点也不像三个孩子的小母亲。她的丈夫也常来，长相一般，且显老相，没什么话，看起来很老实，听说收入不低，每月寄过来几十元钱哩！这在小镇，算上殷实的了。

可惜这种光景不长，待到兰姐子又生下一个胖男孩时，正赶上大下放，像陈氏这一家无业之人，正是"不在城里吃闲饭"[3]之列，兰姐子丈夫虽是工人，她又迁不去户口，孩子入户随母亲，兰姐子和"憨"们也只好下放农村了。二代陈氏带上母亲去道班住了，兰姐子带着四个"憨"们落户到远远的一个山村大队。

---

[3] 这是当时动员居民下放的口号，全句为"我们也有两只手，不在城里吃闲饭"。

我印象中兰姐子倒不像其他有些下放户那样哭天抢地，而是笑嘻嘻、乐哈哈地收拾东西，搬家而去，许是上学时受到过邢燕子、侯隽那些榜样知青事迹的感召吧。

后来我也下放了，下放的村紧邻兰姐子的村，因都辛苦劳作，没有联系。想来一个年轻的女人，带四个孩子肯定不易。记得有个秋天的夜晚，我正在灯下读书，听有人高声喊我的乳名，出门看，闯进一个气喘吁吁的女人，呀，兰姐子！还是独辫子，只是刘海和高发髻没有了，密密的发汗涔涔地贴在额前、两鬓，脸赤红赤红的，敞开的领口和短袖裸露的皮肤还显得那么白皙。

"你……"

"快，倒碗水喝，有饭吗？"

我先倒了一碗凉茶，她咕嘟咕嘟喝下去，用袖口抹一下嘴，又接过我递过的饭菜，三扒拉两扒拉吃下两大碗，嘻嘻笑了。告诉我：砍柴晚了，饿了。我们所在的山村盛产柴草，不时有周边农村或集镇的人来砍柴草，因我住路边，经常有挑柴草的人来讨碗水喝，已习惯了，没想到今天是多年不见的兰姐子，还这么晚。

尽管发乱衣简，兰姐子还是那么引人注目，身材细挑，皮肤细白,牙也齐齐白白的,眼角笑起不见一丝皱纹,衣服都汗湿了,散发出的不是乡下女人那种馊味,而是淡淡的馨香。我看她狼吞虎咽地吃完了,喝完了,去盆架涮毛巾擦擦嘴、脸,掏出小小扁盒的"百雀羚"牌香脂,仔细地擦擦手、脸,屋里飘出久未闻到的熟悉香味,那是她少女时代便喜欢擦的,我们街北头的男孩子都知道。起因是有个稍大的男孩,淘气胆大早熟,经常躲在男厕所里听隔墙女孩子撒尿声,他曾眉飞色舞地说兰姐子的撒尿声音如何如何,我们问怎么知道是她,他便说只有兰姐子才有"百雀翎"香脂的香味,引得其他男孩子怯怯地大着胆子隔墙去听、去闻,跑出厕所后,绘声绘色描述那声、那香,伴随少年维特的胡思乱想,想到这一幕,我不禁哑然笑了。

看我怔神地失笑,兰姐子一怔,手拢拢发,扯扯衣。歪头问我:"笑啥子?姐怎么啦?"

"没,没什么……"我不好意思地嗫嚅着。

她斜眼瞥一下我,眼里水汪汪的,腮飞淡淡的红云,嗔怒地说:"大了,学坏了!谈媳妇了吗?没有?姐给你说一个,俺那庄上有个姑娘,很漂亮包你满意。"说完,还详细告诉我她住的地方,怎么走。天已晚了,便与我告别了,扭头还不忘叮嘱一句"早些来呀,姐给你做好吃的"。

我看她吃力地挑着几乎与她一般高的两捆柴草，一步步消失在山间小道上，柴草上还垂挂一串牵牛花藤，那是砍柴时混砍断的，捆草绳未扎紧，露在外面，拖曳在地，喇叭形的花也小小的，红红的，尤其在夜晚，彰显不出艳丽。

淡月洒下一片清辉，不多的几颗星星在湛蓝的天空眨着眼，空旷的原野传来几声隔年老蛙的鸣叫，不知名的虫子也叫着，偶有一只夜鸟，鸣叫惊飞，那是惊巢的野鸡。一刹那间，我竟忘了她告诉我的她所住村庄的详细地址，面前挥之不去的是她玩演"人头花"魔术的情景，那个端坐在莲花瓣的小姑娘形象，特别是额头那颗人点的朱砂痣，只有《西游记》中大慈大悲的菩萨观世音额头才有。

她家与我家住的地方并不远，住处是极易打听的，不知为什么，我没去看她，从此再也没有见过她，留下深深记忆的还是魔术"人头花"。

尾曲：飞失的鸬鹚

蒋小雨夜里梦见自己的鸬鹚飞走了，天亮看鸬鹚果然不见了。鸬鹚即人称的鱼鹰，黑羽，尖喙利爪，叫起来近似乌鸦的声音，嘶哑而难听。有一种渔夫，荡着两叶相连的尖头窄舟，专养鸬鹚捉鱼，蒋小雨却不是，他养这只鸬鹚，专为玩的，类似现如今人养的宠物。人所共知，渔人养鸬鹚有诀窍，放飞捉鱼时，扎紧它的脖子，使鸬鹚捉到鱼咽不下，捕鱼完毕，方才喂食，不然，它便吃饱不干活。蒋小雨不然，他将鸬鹚喂得饱饱的，不靠从它的嘴里夺食为生，将这只宠物养得肉厚厚的，飞起来似乎都费力。养尊处优的这只鸬鹚，羽毛黑漆油亮，干干净净，只知挤着哑嗓子呱呱叫，蒋小雨一吹口哨，它便扑闪闪一头栽进他的怀里，还会站在他的手臂、手掌上，逗能献艺。

能养这只能吃不干活的宠物鸬鹚，可见主人是闲人。蒋小雨确是闲人，他虽不生在街上，却住在街北头的河湾处，紧挨街头不过几百米，弯曲的河道在这里拐个半圆形的弯，一边是小庙的高台，一边是低洼的竹林，竹子掩映中便是蒋小雨的家，一大片竹子都是蒋家的，产的竹笋、竹子是蒋家富足的生活来源。他父亲又是远近闻名的篾匠，编的竹筐、竹篮、竹席和捉黄鳝的竹笼，供不应求。蒋篾匠不识字，盼望儿子考个大学，蒋小雨小学、初中、高中一帆风顺，成绩还不错，谁知高中毕业那年发了呆，有同学说他经历了一场失恋，又有同学纠正，那不叫失恋，是单相思。蒋小雨吃饭发呆，说话发呆，上课发呆，睡觉也发呆，不能继续学业了，便回家待着。蒋小雨整天看看书、发发呆，好在蒋篾匠养得起，竹园茅屋又清清雅雅，偶有同学来坐坐，竹园虽好玩，蒋家招待也不错，但蒋小雨叙话尽发呆，正常时谈吐也满腹经纶，呆时东一句西一句，甚至干脆沉默，同学受不了，便少来了。小学校临时缺个代课老师，蒋篾匠送了床竹篾席子给校长，好说歹说，校长又知蒋小雨肚中还有货，便临时聘用他到小学校代几个月课，可惜蒋老师上课讲着讲着便发呆了，学生无法忍受，校长更无法忍受，只好辞了他，从此镇上都知蒋篾匠家出了个呆儿子。

呆子安静，没有攻击性，只知捧着书本在他那小屋子内看书，或逗他的鸬鹚。他常看的书是《红楼梦》和《聊斋志异》，从首页翻到末页，从月初翻到月尾，成天与父母不说一句话，不是在家里发呆，便是在竹林中发呆，好像能对话的只有鸬鹚。

这只鸬鹚养了好几年了，还是一个春季发水时，蒋小雨在河滩捡的。当时仅是只雏鸟，大约鸟的父母亲被大水冲散了，可怜的小鸟缩着还未换完茸毛的翅膀，张着黄黄的小嘴在七零八落的草丛中凄凄惨叫，被正面对漫滩河水发呆的蒋小雨捡了来。当时他并不知是什么鸟，大些了被知鸟的人认出是只鸬鹚，有用鱼鹰捉鱼的渔人上门来买，当然被蒋小雨拒绝了。为喂这只鸟，蒋篾匠专门在水塘边圈了一个水池，养些小鱼小虾，鸟渐渐大了，养的鱼也渐渐大了，虾已不养了。鸬鹚白天陪蒋小雨，晚上也陪蒋小雨，散步时陪，看书时也陪。蒋小雨逗它，它飞叫，蒋小雨发呆，它瞪着眼看着他，似乎也发呆，蒋小雨的父母对叹一口气，说：两个呆子，便随他（它）去。

蒋小雨白天很安静，晚上做梦却很热闹，有山有水，山中林涛响，水流冲激浪；有房有人，房中喧闹，人语盈盈；有春有秋，春有鸟鸣，秋有蝉欢，特别是桃花汛的小河之梦，更是比真实的小河春季还要翻腾，还要精彩。那水奔流而下，簇拥层层叠叠的浪，挂带上游冲来的草、木、鱼、蛇等杂物，翻肚子的猪羊，湿淋淋的鸡鸭……河滩红柳东倒西歪挂满黄草白絮，河滩茅草蔓藤倒伏飘落，飞鱼飞燕跳舞，高高的翠竹也倾斜迎浪，根部裸露骨节长长的鞭根，竹林里飞出野鸡，窜出野兔，奔出狐狸、黄鼠狼，面对恣肆河水，跳过了，飞过去，跃向对岸，飞上高台。那是"龙抬头"热闹之极的小庙，旗杆迎风招展，人山人海正在厮打抢红绫。鸬鹚也飞过去了，他的那只鸬鹚似乎抓住了一条红绫，骄傲地在半空抖开，红彤彤半边天，仿佛高高旗杆挂的旗幡。他伸手忙去抓没抓住，腾空也要去跳时，醒了。

大汗淋漓的蒋小雨听风卷竹叶声，瞪眼发呆到天亮，忙寻他的鸬鹚，不见了。屋里寻，屋外寻，养鱼的池边寻都不见。他忙吹口哨往竹林寻，踩断冒出的春笋也不顾，身碰触竹子沙沙地响,惊飞竹林中的鸟儿喳喳地叫,惊恐地飞,有几只惊兔也不知从哪儿窜出来,在蒋小雨前面跑,跑一阵,停一会,扭头看蒋小雨跌跌撞撞地在竹林奔走。他一直跑到河边。河水正在上涨,一个个旋涡、浪峰从上游涌来,撞击堤岸的回流传出拍打声响,对面高台长满灌木、杂草的土块石块不时被水冲崩落,有的灌木、丛草根被拔起,掉进激流的小河,轰然作响。

河滩围了不少看热闹的人,也有打捞水中什物的人,还有用网捉鱼的人,呵,还有几只鱼鹰伴燕子在水面奔逐,那鱼鹰忽高忽低,忽空中忽水中,迎浪峰俯冲,脖子伸得长长的,嘴张得直直的,爪子显得利利的,在水面空中展示各种翱翔动作,闪电一般头伸进水中。有的叼出一只拼命挣扎的鱼,围观的人群一阵欢呼。

叼鱼的鱼鹰飞到河滩边,蒋小雨方才发现,河滩边停泊有双连尖舟,渔夫抓住停放在竹竿上拼命咽食不成的鱼鹰,掰开鱼鹰的嘴,掏出鱼,扔进篓内,那鱼鹰初时扑腾着翅膀反抗;鱼被取走后,自身反被渔夫扔进河上,拼力扑扇几下翅膀保持平衡,又加入逐鱼的鹰阵鸟群。蒋小雨发现了他的那只鸬鹚也混杂在鱼鹰阵里,这时,它也扑闪着双翅,逐着浪峰,只是身躯仿佛笨重些,动作有些迟缓。像其他的鱼鹰一样,它不时俯冲水中,却是空空而出,看了好长时间,他也没见自己的鸬鹚飞奔上去,嘶哑的嗓子呱呱叫着,拼命扇动翅膀,以使稍笨拙的身躯悬在半空,蒋小雨的心中不禁袭来一阵惋惜与悲哀,他多希望自己的鸬鹚也叼住一条鱼啊！

哦！捉到了，捉到了！又一次俯冲水中的他的那只鸬鹚似乎拖出一个重重的东西，拖得很吃力，翅膀急急直扇，双爪敲鼓点似的虚空直蹬，蒋小雨心中一阵紧，夹带一丝惊喜。只见那只鸬鹚飞出水飞向半空，呀！叼的是一条长长的蛇！鸬鹚在飞，蛇在蠕动，人群一阵更大的欢动，蛇开始展得直直的，像风筝升空的飘带，好像蛇又卷起来，绕上去，似乎绕上了鸬鹚的脖子，鸬鹚扇动翅膀在飞，脖子拼命地在摇，似得了偏头症。黑点忽高忽低，他想象蛇也在拼死挣扎，忽直忽曲，其他几只鱼鹰也放弃了入水逐鱼，围着它呱呱直叫。突地，鸬鹚似乎没有力气，翅膀扇得越来越慢，飞得越来越低，最后，像一条直线，掉进水里，浪峰卷过来，隐没了鸬鹚和蛇，最后的黑影在飞逝的激流中闪了一下，便被浑黄的水吞没了。蒋小雨的心一阵悲凉，他知自己的鸬鹚飞不回来了。

蒋小雨大病了一场，整日高烧说胡话，蒋篾匠夫妇不知流了多少泪，病痊愈后，蒋小雨的呆病竟然好了！

后记

　　被称为分水岭的江淮丘陵有个叫"山南"的小镇，小镇生活着这么一些普普通通的人们，他（们）的日常生活、家长里短、喜怒哀乐，构成了这几十篇故事。故事不新奇，少曲折，尚显平淡、平凡，许是这平淡、平凡方是百姓真实的生活。大时代的洪流波澜壮阔，躲不开，弄潮不能，柴米油盐尚需生存，但没有奇兀，难显壮烈，怕是连浪花也算不上，顶多是大江东去中顺流荡波的几片残叶和几丝雨滴，雨滴淹没汇入浩瀚的海洋中了，拣起都难，这叶随风飘落，随浪而上下，随流而沉浮，终归以别样方式消融于海水。有大志者许不屑于此辈，我偏爱拾取它们，凑近阳光照一照，晒一晒，看它的茎叶由翠绿而变苍黄，随浪花而陆沉，沾泥垢而隐真容，可否知逝者如斯，物种演变，日现沧桑？

　　这个小镇是虚构的，也是真实的，虚构的是它的名称，还有若干故事；真实的记忆中确有类似的小镇，确有这样一些人，我不过借笔将轮廓勾一勾，粗细描一描，张冠李戴将嘴脸移一移，方位、时空挪一挪。更为真实的是小镇的世风世貌，人心俗情，纯属记录，况且记得尚不全，录得更有遗漏。全书分为两辑，分别以"男人们"和"女人们"为名，莫说人有多种，秉性万千，男人和女人的称谓组成所有的人。男人和女人的故事总是纠缠不清,延续不绝,心结万千,变景昭新。以"山南人境"命书名,是借用陶渊明先生的诗句"悠然见南山"和"结庐在人境"。陶公的诗文及其人是自然恬淡的,也是闪烁着理想光泽的,因这自然和理想,蕴含其韵味。山南镇是有韵味的,山南的男人和女人也是有韵味的,只是笔力贫乏,难书其状之一二,由有心的读者再创造吧。

读小说,极为佩服汪曾祺小说的风情描绘,废名小说的冲淡留白,沈从文小说的世俗彩画,卡佛小说的琐碎隐真,主观上尽量想将短篇写短,冰山隐去,不将故事写完写全,而将想象的空间留给聪明的读者,效果如何,且不是作者可把握的了。

这本书是由作者上一本散文集《大地情书》引出来的,斯人斯事斯风景却是作者少年时便深埋心中的,现在扒拉出来见了天日,看可否再引出一些?

谢德新
二〇一七年三月于北京